OSCAR
BESTSELLERS

LEA SCHMIDBAUER
KRISTINA MAGDALENA HENN

LIBERI NEL VENTO.
CONTRO OGNI REGOLA

Traduzione di Anna Carbone

Titolo dell'opera originale *Ostwind. Rückkehr nach Kaltenbach*

Prima edizione I Grandi giugno 2017
Prima edizione Oscar Bestsellers maggio 2018

ISBN 978-88-04-68980-5

Questo volume è stato stampato
presso ELCOGRAF S.p.A.
Stabilimento di Cles (TN)
Stampato in Italia. Printed in Italy

Anno 2021 - Ristampa 2 3 4 5 6

ragazzimondadori.it

Liberi nel vento. Contro ogni regola

Capitolo uno

Il nero della notte l'avvolgeva. Regnava un silenzio di tomba. Non soffiava neppure un alito di vento.

All'improvviso qualcosa l'afferrò stringendola con forza e spine di ferro le affondarono nella pelle. Cercò disperatamente di liberarsi, ma a ogni movimento s'impigliava sempre di più. Il filo spinato le si avviticchiava implacabile attorno alle gambe.

Guardò quel paesaggio sconosciuto: una radura, alberi enormi che vegliavano sul bosco, conferendogli un aspetto ancor più sinistro. Nel buio un gufo lanciò il suo grido di allarme.

E poi sentì dei passi nella boscaglia.

Si rizzò dimenandosi selvaggiamente nel tentativo disperato di liberarsi. Doveva andare via da lì. In fretta. Il cuore rischiava di schizzarle fuori dal petto.

Ma i passi si avvicinavano implacabili. Qualcuno l'afferrò per le spalle...

«Noooooo!» Mika si svegliò di soprassalto con un urlo acutissimo. Spalancò gli occhi... e vide una figura buia china su di lei.

Oh, no! Era uno di quegli incubi in cui sogni di svegliarti solo per scoprire di essere precipitato in un sogno ancor più tremendo?

Ma la figura si ritrasse spaventata e gridò forte quasi quanto lei. Adesso a Mika parve vagamente familiare. «F... anny?» La voce le uscì in un gracchio roco. E finalmente riconobbe la sua amica, che si lasciò cadere ai piedi del suo letto. In testa portava uno strano cappellino da baseball e aveva sulle spalle uno zaino enorme.

«Cavoli, mi hai messo una paura!» brontolò Fanny. Il cuore le batteva così in fretta che dovette respirare a fondo per calmarsi.

Mika si mise a sedere ancora intontita dal sonno. «Scusami, ma ho fatto di nuovo quel sogno...» Sbatté gli occhi preoccupata.

«Quello in cui il professor Lessing ti chiama alla lavagna e ti chiede di mimare il teorema di Pitagora?» le chiese comprensiva l'amica, ma quando Mika si limitò a scuotere la testa con aria assente, Fanny continuò a blaterare allegra: «Non hai più motivo di fare sogni del genere, da oggi cominciano ufficialmente le vacanze estive! E noi stiamo partendo per...» Fanny suonò un rullo di tamburo sullo spigolo del letto «... *la magnifique Paris*!».

Mika buttò giù le gambe dal materasso soffocando un sospiro. Parigi. Trascinarsi dietro a Fanny lungo strade polverose di città per due interminabili settimane. Ma quello era il patto che avevano stretto le amiche: due settimane a Parigi e poi – a quel pensiero il cuore di Mika fece una capriola – di nuovo a Kaltenbach! Da Windstorm.

Era passata quella che le sembrava un'eternità da quando lo aveva visto l'ultima volta. E anche se quasi ogni giorno parlava al telefono con Sam, che con pazienza le riferiva che lo stallone nero se la passava bene, da qualche giorno ci si era messo di mezzo quel sogno. Lo faceva tutte le notti. Qualcosa non andava, ma Mika non era in grado di esprimere quella sensazione a parole. E anche se lo fosse stata, chi avrebbe potuto capire se nemmeno lei ci riusciva?

Un luogo buio che l'attirava, mentre allo stesso tempo tutto in lei le gridava di fuggire: non aveva senso. Eppure era certa che dovesse avere a che fare con Windstorm, anche se non sapeva ancora come...

«Arrrgh!» Un grido indignato la riportò bruscamente al presente, dove Fanny, aggirandosi a fatica nel caos della stanza, aveva appena scoperto lo zaino vuoto dell'amica. «Non hai neanche fatto i bagagli! Ho già prenotato il taxi, sarà qui tra un quarto d'ora. Il nostro treno parte alle dieci e mezzo!» Fanny cominciò a ficcare alla rinfusa nello zaino i vestiti sparsi sul pavimento. «Mia zia verrà a prenderci alla stazione, da lì andremo direttamente al Quartiere Latino, dove farò la prima intervista...»

Ecco, *quello* sarebbe stato il momento giusto per dirglielo, pensò Mika, e invece dalla sua bocca uscì soltanto un fiacco e strascicato «Ookaay...». Maledizione! Ma perché era così difficile farglielo capire?

Mika non aveva nessuna voglia di andare a Parigi. Non poteva andare, anche se in un momento di debolezza lo aveva promesso ai suoi genitori e all'amica.

Sua madre si era infervorata subito a quell'idea. «Durante le vacanze devi pur vedere qualcos'altro che non siano sempre... carriole e... forconi per spalare il letame. Cultura! Formaggio! Francia!»

Non c'era stato verso di spegnere il suo entusiasmo, e perfino il padre aveva borbottato qualcosa a proposito di un «acceleratore di particelle assolutamente imperdibile all'Istituto di Fisica Nucleare Applicata». E poi – su questo avevano concordato tutti – che cos'erano in fondo due settimane?

E così Mika aveva acconsentito. Non perché fosse interessata agli acceleratori di particelle o ai formaggi, ma soltanto per fare un piacere a Fanny. Quel maledetto concorso "I giovani scrivono" per il miglior reportage scolastico era il grande sogno della sua amica, e Mika sapeva fin troppo bene cosa significava avere un sogno.

Non c'era niente da fare, doveva dirglielo subito, perché ormai non c'era più molto tempo... e adesso suonavano anche alla porta! Accidenti!

Fanny, che aveva appena chiuso lo zaino, slanciò trionfante le braccia in aria come se avesse appena vinto il campionato del mondo di "Preparazione-Zaini". «Finito! Tempismo perfetto, direi, ecco il taxi!» E prima che Mika potesse dire qualcosa, era già corsa alla porta.

Nel riconoscere il visitatore, però, sulla sua faccia l'allegro sorriso pre-parigino si spense all'istante. Era un ragazzo dai capelli castani, con una camicia scozzese e un sorriso sghembo. «Ma che... Sam?» Fanny lo conosceva solo di vista, soprattutto dai racconti di Mika, e lo trovava un tipo sospetto. D'altro canto, per lei, chiunque piombasse così senza preavviso nella vita di Mika era un tipo sospetto.

Sam era garzone di scuderia a Kaltenbach, la tenuta della nonna di Mika. Lui però insisteva a farsi chiamare "apprendista groom". E adesso eccolo lì, sulla porta di Mika, a dondolare orgoglioso un mazzo di chiavi davanti agli occhi di Fanny.

«Ehi! Ho sentito che qui qualcuno ha chiamato un taxi!»

«Eh?» fu tutto quello che riuscì a dire Fanny. E poi: «Tu come fai a saperlo?».

Sam abbassò il mazzo di chiavi e la guardò perplesso. «Ah, è vero? La mia era soltanto una battuta. Perché ieri io...» Con orgoglio tirò fuori di tasca la sua patente. Dopo essersi fatto bocciare per ben due volte – con suo grande imbarazzo – finalmente era riuscito a superare l'esame.

La cosa impressionò ben poco Fanny, che aveva già un brutto presentimento. Socchiuse gli occhi diffidente. «Va bene, ma che cosa ci fai qui?» gli chiese.

Prima ancora che Sam potesse rispondere, tuttavia, dietro di lei fece capolino Mika. «Sam! È successo qualcosa a Windstorm?» domandò ansiosa.

«No, non preoccuparti» la tranquillizzò subito lui. «Volevo solo venirvi a prendere. Con la *macchina*!» annunciò raggiante facendo dondolare nuovamente le chiavi davanti alla faccia di Fanny.

Questa volta lei le afferrò e mise a tacere il tintinnio stringendole in pugno. «Che cosa vorrebbe dire "venirvi a prendere"? L'unica frase che capisco io è "andare alla stazione"... e a proposito di stazione: dobbiamo muoverci!» E scoccò a Mika un'occhiata insistente.

Mika sfuggì a quello sguardo penetrante e i suoi occhi guizzarono inquieti verso Sam. «Allora... ehm... cioè... io... noi... be'...» tentennò.

«Allora?» Fanny la squadrava a braccia conserte.

«Lo sai che sei la mia migliore amica» cominciò nervosa Mika. «E le amiche sono sempre comprensive tra loro, per esempio se una delle due deve cambiare programmi per motivi importanti. Ecco, prendiamo il caso specifico: se prima andassimo a Kaltenbach e *dopo* partissimo per Parigi?» Non aspettò risposta in modo che Fanny non potesse interromperla e proseguì: «È solo che l'istinto mi dice che Windstorm ha qualcosa che non va, e lo so che è soltanto una sensazione e probabilmente è una sciocchezza, però... però...». Mika era senza fiato. «Per favore...!» riuscì solamente a finire. Poi deglutì e tacque.

Fanny la fissò con occhi attentissimi. Aveva proprio l'aria di un coccodrillo sul punto di far scattare le fauci e inghiottire una vittima indifesa. Ma c'era un motivo: Fanny ricordava ancora fin troppo bene quello che era accaduto l'anno prima, quando Mika aveva dovuto rinunciare al campeggio estivo programmato da mesi ed era stata spedita a Kaltenbach. E rammentava bene anche quello che era successo lì.

Trasse un gran respiro. Doveva rimanere calma, calmissima. Agitarsi non sarebbe servito a niente, perché sapeva tre cose con discreta sicurezza: contro quel cavallo non aveva nessuna possibilità. E di certo non contro una "sensazione" di Mika. Parigi o non Parigi, non intendeva lasciare che la sua migliore amica andasse una seconda volta in vacanza da sola.

Ma soprattutto, in quarto luogo, non intendeva fare scenate davanti a quel – e qui guardò Sam, il quale tentava di darsi un'aria il più indifferente possibile – *garzone di scuderia*. Perciò non le rimaneva altro che fare buon viso a cattivo gioco e cedere all'espressione implorante negli occhi di Mika. «Come vuoi. Ma solo se mi giuri sul tuo onore che poi andremo davvero a Parigi per due settimane. Senza cavalli! E senza scuse!»

Mika le gettò le braccia al collo così impetuosamente che Fanny perse l'equilibrio e atterrò all'indietro sul suo zaino come una tartaruga sul guscio. «Te lo giuro! E ti prometto che a Kaltenbach troverai un mucchio di materiale per un bellissimo articolo.»

Fanny si tirò su con tutta la dignità possibile. «Immagino che una brava giornalista trovi sempre un tema interessante. A Parigi sono capaci tutti. Consideriamo Kaltenbach una sfida!»

Mika avrebbe voluto abbracciarla di nuovo, e anche Sam sorrideva soddisfatto. «Allora si va!»

Prima però c'erano ancora un paio di faccende da sbrigare. Sam si mise comodo sul letto, mentre Fanny andava in corridoio a telefonare alla zia a Parigi e Mika rifaceva lo zaino, questa volta infilandoci cose più sensate di quelle che Fanny aveva pescato a casaccio dal disordine. Per fortuna i genitori di Mika erano partiti già il giorno prima per la Grecia («La culla della matematica!») per un viaggio di studio di una noia mortale e non erano lì a vedere in che modo la figlia aveva trasformato la stanza appena appena riordinata in quella che il papà di Mika definiva «la prova più evidente della teoria del caos».

Sam rimase a guardare divertito Mika, che con la fronte aggrottata tirava fuori dallo zaino un piumino e una scopetta.

«Be', è andata bene. Per un attimo ho pensato che ci avrebbe presi a schiaffi» le disse.

«Non starei troppo tranquillo se fossi in te» scherzò Mika, che a un tratto si sentiva stranamente leggera. Sarebbe andata a Kaltenbach! Così avrebbe visto che Windstorm stava benissimo e finalmente quegli strani sogni sarebbero finiti. «E sei proprio sicuro che...»

Sam alzò gli occhi al cielo e completò la frase per lei: «Che Windstorm sta bene? Sì, Mika. Sono andato a trovarlo anche stamattina nel suo paddock, stava facendo a gara con Archibald». Sam aggrottò la fronte pensieroso. «O perlomeno, credo sia quello che Archibald pensava. E Frau Holle...»

Mika rimase interdetta. «Chi?»

«Oh, la mucca di cui Archibald si è innamorato perdutamente. Tinka le ha provate tutte, ma lui è stato davvero felice solo quando la settimana scorsa ha portato nel paddock anche Frau Holle. Da allora se ne stanno insieme tutti e tre, e mio nonno dice che non ha mai visto una tale armonia tra gli animali.»

A quell'immagine per la prima volta in quel giorno sulla faccia di Mika apparve un gran sorriso e riuscì a scacciare dalla mente il sogno sinistro.

Chiuse lo zaino, ficcò senza tanti complimenti nell'armadio il resto della roba che aveva in giro e sbatté le ante poggiandoci contro tutto il suo peso. «Finito. Possiamo andare!»

In quel momento anche Fanny rientrò nella stanza. Aveva ancora un'aria un po' seccata. «Allora, ho disdetto la prenotazione del treno e spero di essere riuscita a spiegare a mia zia che arriveremo due settimane dopo. O forse le ho dato una ricetta della torta alle fragole, il francese non è esattamente la mia materia preferita.»

Nelle curve Mika e Fanny ondeggiavano come due palline nell'urna del lotto cercando disperatamente – e invano – di tenersi al sedile consumato del vecchio fuoristrada. Quello non era un viaggio in macchina, era un giro sulle montagne russe.

Dietro il volante, Sam era raggiante d'orgoglio. «E allora, che musica preferite?»

L'auto fece uno scatto in avanti con uno stridio di gomme e Fanny e Mika si trovarono bruscamente trattenute dalla cintura. «Ops, ho sbagliato marcia, ragazze, scusate!»

Mika si costrinse a sorridere, mentre Fanny boccheggiò: «Al momento l'unica cosa che *preferirei* è arrivare viva e vegeta!».

Sam si voltò a guardarla offeso. «Ehi! In tasca ho una patente nuova di zecca e...»

«Attento!» urlarono in coro le amiche, e Sam fece appena in tempo a sterzare.

La grossa jeep con il logo della Tenuta Kaltenbach sulla portiera oscillò, evitando per un pelo una macchina spazzatrice che avanzava lentamente sulla carreggiata.

Le ragazze annasparono in cerca d'aria, ma Sam non sembrava particolarmente impressionato. Continuò a chiacchierare allegro come se stessero facendo una bella scampagnata e non fossero invece su una superstrada a quattro corsie nel cuore di Francoforte. «Solo perché siate preparate, al momento Kaltenbach non è proprio al top della forma. Di mese in mese i cavalli a pensione diminuiscono, e anche le allieve della scuderia sono in calo. Da un po' di tempo le cose stanno andando male, in maniera lenta ma costante.»

Sulla sua fronte si scavarono rughe di preoccupazione.

Mika avrebbe voluto ribattere, ma in quell'istante l'auto prese una curva non proprio dolcemente e la ragazza sbatté con violenza la testa contro il finestrino. «Che cosa... ahia!»

Fanny le scoccò un'occhiata che diceva chiaramente: «Stiamo per morire!» mentre Sam tornava a premere spensierato il pedale dell'acceleratore.

«Da quando Michelle se n'è andata, non abbiamo più una candidata promettente per i concorsi» continuò. «Non è una bella cosa per la nostra immagine. E poi la concorrenza è sempre più spietata.»

Fanny, che voleva distrarsi almeno un po' dalla paura di morire, chiese: «Michelle sarebbe quella strega che aveva spalmato quella roba sui pastorali di Windstorm, perché andasse fuori di testa durante la gara, giusto?».

Mika annuì con aria grave. «E per colpa sua Sam ha rischiato di lasciarci la pelle... e anche Windstorm.»

Rimasero in silenzio per un po' ripensando a quella parentesi dell'estate precedente, finché Sam non ritrovò il buonumore. «Amen! Finalmente sono arrivate le vacanze e di sicuro la signora Kaltenbach sarà felice come una Pasqua di rivederti... cioè, di rivedervi prima del previsto. E anche Windstorm!»

Mika sorrise e, a quella prospettiva, per un attimo dimenticò perfino che erano ancora ben lungi dall'arrivare. Fino a quando vicino a loro qualcuno suonò il clacson e le dita di Fanny le affondarono dolorosamente nella coscia.

Capitolo due

Un paio d'ore dopo svoltarono con uno stridore di gomme nel cortile della tenuta sollevando schizzi di ghiaia. Prima ancora che il fuoristrada fosse del tutto fermo, Fanny spalancò la portiera e saltò giù. Respirò a fondo con l'aria di voler baciare il suolo. «Mai più! Neppure se dovessimo andare a Parigi a piedi!»

Mika rimase seduta in macchina ancora un po'. Si guardò attorno, aspettando di provare quel senso di benessere che si diffondeva sempre dentro di lei quando arrivava alla tenuta o anche solo se ci pensava.

Però, proprio come aveva detto Sam, lì era cambiato qualcosa. Ma che cosa?

Kaltenbach era ancora Kaltenbach: la veneranda villa padronale, la bella scuderia a traliccio, il cortile con i roseti in fiore, il cui ricordo le strappò un sorriso involontario dal momento che una volta, cercando di uscire di soppiatto dalla sua stanza al primo piano, era atterrata pesantemente proprio in uno di quei cespugli pieni di spine.

Il suo sguardo vagò ancora, su verso i vecchi castagni che ombreggiavano l'ampio maneggio, e si posò sugli ostacoli a strisce colorate montati all'interno: era tutto come al solito.

A un tratto comprese: dov'erano i cavalli e tutte le allieve?

In genere stavano a gruppetti attorno al recinto, seguivano la lezione di Maria Kaltenbach dallo spiazzo aspettando che arrivasse il loro turno. Quel giorno invece sembrava tutto stranamente silenzioso e abbandonato.

«Mika! Finalmente!» Un grido squarciò il silenzio e un fulmine proveniente dalla scuderia si abbatté su di lei.

Mika saltò giù dalla macchina. «Tinkabell!» esclamò e ridendo corse ad abbracciare la bambina.

Tinka era la figlia sbarazzina del veterinario, il dottor Anders. Anche se era un po' più piccola di Mika, l'anno prima l'aveva aiutata a far luce sugli intrighi di Michelle, conquistandosi in quel modo un posto sicuro nel suo cuore. Proprio come Archibald, il suo cocciuto pony pezzato, che adesso da quasi un anno esatto viveva insieme a Windstorm.

«Stavo giusto andando a trovare Archi. Ho studiato una nuova cura per il mantello che volevo provare, guarda!» Tinka mise orgogliosa sotto il naso dell'amica un secchio con un intruglio verdognolo. «Olio di melaleuca, birra di malto e succo di ortica!»

A quell'odore Mika si sentì quasi svenire, ma sorrise stoicamente. «Forte!» disse con voce flebile cercando di respirare solo con la bocca.

«Devo andare subito, altrimenti comincia a puzzare» continuò allegra Tinka. «Ci vediamo dopo!» E imboccò immediatamente il viale in discesa.

Sam, che nel frattempo aveva tirato fuori dal bagagliaio i due zaini e se li era issati in spalla, si avvicinò a Mika.

Fanny si guardò attorno non troppo impressionata. «E allora, adesso che si fa? Non dà l'idea che ci sia questo gran daffare.»

Sam sorrise. «Oh, l'apparenza inganna. Che ne diresti di un po' di fitness nella vasca idromassaggio?»

E Mika aggiunse seria: «O magari prima preferisci fare un giro sulla pista da kart indoor?».

Fanny li guardò con tanto d'occhi. «Davvero? Una vasca idromassaggio e una pista da kart indoor?»

Sam e Mika scoppiarono in una fragorosa risata. L'anno prima, quando era appena arrivata a Kaltenbach, a Mika era successa la stessa cosa, ma le era bastato pochissimo per rendersi conto che non le importava proprio niente che lì non ci fossero né l'una né l'altra. Aveva conosciuto Windstorm e, grazie al loro legame, aveva scoperto una parte di sé che non aveva mai saputo esistere.

Fanny invece trovò la cosa molto meno divertente. «Ah ah! E allora, dov'è la mia storia? *In diretta dal mucchio di letame*? Oppure posso scrivere della *Noia insopportabile della vita di campagna*?»

Sam si mise in posa come un modello. «E che ne diresti di un articolo sui capi di scuderia sexy?»

Fanny alzò gli occhi al cielo snervata. «*Tu* al massimo andresti bene per un articolo sul pagliaccio più ridicolo!»

Prima che Sam avesse il tempo di ribattere, i tre ragazzi vennero distratti da alcune voci. Voltarono la testa e videro la nonna di Mika con due tipi in giacca e cravatta e un'elegante donna orientale diretti alla scuderia.

Maria Kaltenbach sembrava ancora più seria del solito, indossava un twin set verde foglia e aveva legato i capelli grigi in una crocchia severa. Camminava aiutandosi con un bastone, il cui ticchettio arrivava fino a loro insieme alla sua voce: «Ed ecco qui i box, molto spaziosi, per i quali potete scegliere diversi tipi di lettiera...».

Maria era così presa che non vide né Mika né Fanny.

«Allora, se non ricordo male quella è la tua famosissima nonna?» sussurrò Fanny.

Sam sorrise. «Be', che memoria strabiliante. Avevi dubbi che fosse l'asiatica o il tipo con i baffi?»

Mika non li aveva sentiti, perché guardava la nonna con aria assente. Non aveva una buona sensazione, e subito si rivolse a Sam: «Non mi danno l'impressione di essere qui per passare le vacanze andando a cavallo, vero?».

Sam fece spallucce. «Forse sono proprietari di cavalli che vogliono farli allenare qui?»

Mika non ne era convinta. Aveva visto la faccia schifata dell'uomo quando aveva scansato una cacca di cavallo con le scarpe di cuoio luccicante. Non aveva proprio l'aria di essere un proprietario di cavalli.

Fanny incrociò impaziente le braccia davanti al petto. «Non potremmo intanto fare il check-in?»

Sam le fece l'occhiolino: «Sì, subito. Prego, le signore vogliono seguirmi?».

Carico come un mulo sotto il peso dei loro zaini, si avviò verso la villa. Fanny lo seguì, ma Mika non si mosse. «Voi andate pure avanti, d'accordo?»

L'amica le scoccò un'occhiata interrogativa, ma Sam sorrise comprensivo. «Non si preoccupi, mostro io la camera alla signora giornalista e le farò fare anche il giro della casa. Lei vada pure tranquilla dal suo cavallo, milady.»

Alle spalle di Sam, Fanny fece una smorfia in direzione di Mika e disse con voce flautata: «Oh, sì, la prego, non vedo l'ora!».

A quel punto anche Mika non riuscì a trattenere una risata. Sam e Fanny insieme, ci sarebbe stato da divertirsi!

«Ci vediamo a cena!» gridò ai due, e finalmente si avviò.

Corse per il sentierino fino ai prati in fiore e ai campi di girasoli, così veloce che fece sbandare le farfalle che le danzavano attorno. Arrivata al piccolo incrocio, svoltò bruscamente e si acquattò per passare sotto la finestra della casa mobile del signor Kaan.

Sarebbe andata dopo a salutare il suo maestro... per prima cosa doveva assolutamente vedere Windstorm. Il suo cavallo. Sentì il battito del suo cuore accelerare. E se non ci fosse stato? Cercò di scacciare il ricordo dell'incubo che riaffiorava proprio in quel momento. Tra poco avrebbe saputo. Girò l'angolo e... il suo cuore ebbe un tuffo.

Lo stallone nero pascolava sul prato rigoglioso dietro il casotto del signor Kaan, all'ombra del suo albero preferito, una quercia possente. Si scuoteva di dosso un paio di fastidiose mosche e stava per affondare nuovamente il muso nell'erba, quando rizzò attento le orecchie. Si guardò attorno con occhi vivaci finché scoprì Mika. Allora lanciò un gran nitrito e partì al galoppo.

Quando le sfrecciò accanto con la coda sollevata, per lo spavento Frau Holle smise di ruminare. Windstorm era già quasi arrivato allo steccato, quando Mika scavalcò senza problemi il cancello.

Lo stallone la salutò felice e Mika gli gettò le braccia al collo, affondò il viso nella criniera e inspirò a fondo il caldo odore di cavallo. Non avrebbe più voluto lasciarlo andare.

Mika desiderava più di ogni altra cosa poter vivere per sempre lì, a Kaltenbach, con Windstorm, ma ovviamente i suoi genitori non glielo permettevano. La scuola, il futuro, bisognava essere ragionevoli. Le parole sempre uguali di sua madre le risuonavano nella mente.

«Mi sei mancato così tanto!» Windstorm rispose con uno sbuffo sommesso. Mika grattò il morello dietro le orecchie e appoggiò la fronte alla sua. Quello era il suo cavallo. Erano fatti l'uno per l'altra. Era una cosa che in qualche modo suonava strana perfino alle sue orecchie, ma era una sensazione chiarissima e molto semplice. E allo stesso tempo infinitamente difficile da spiegare.

Neppure Mika riusciva a capirla. Fino a un anno prima i cavalli li aveva visti solamente in televisione. Sua mamma Elisabeth era cresciuta alla tenuta, ma aveva sempre odiato quella vita. Il suo sogno era stato quello di diventare una grande fisica. Soltanto all'idea a Mika venivano i brividi. E così Elisabeth aveva tenuto la figlia lontano dal luogo in cui lei era stata tanto infelice.

Ma quando l'anno prima Mika aveva conosciuto Windstorm, era stato come arrivare finalmente a casa. Lo aveva sentito, e lei poteva sempre fare affidamento sulle sue sensazioni. Perlomeno così era sempre stato fino ad allora. Perché anche adesso che insieme a Windstorm sembrava andasse tutto bene, Mika continuava ad avvertire quell'inquietudine.

Carezzò il mantello lucido dello stallone. «Stai bene, vero? Ero così preocc...» Non riuscì ad andare avanti, perché le sue dita avevano incontrato un'asperità inaspettata e Windstorm si era ritratto. Mika si guardò le dita attonita. Ma quello era... sangue secco?! Si chinò subito per controllare più da vicino e tastò il punto con cautela.

Windstorm la lasciò fare, anche se era chiaramente a disagio. Mika era l'unica cui permetteva di avvicinarsi così. E in quel momento lo vide: il petto e le zampe del cavallo fino ai pastorali erano coperti di graffi e piaghe. Erano perlopiù superficiali e quasi del tutto guariti, ma alcuni dovevano avere solcato la carne in profondità e avere sanguinato, come il punto che Mika aveva appena toccato.

«Ma cosa ti è successo?» chiese preoccupata. Windstorm la guardava perfettamente immobile. «Allora, che cos'hai combinato?»

A quanto pareva, quella strana sensazione era giustificata. Prima il sogno e adesso questo. Se solo avesse saputo che cosa...

«Lo sai, Archibald è proprio un animale alfa» disse all'improvviso una voce cristallina alle sue spalle.

Mika si voltò di scatto. Dietro di lei c'era Tinka, raggiante come un filo di lampadine. Teneva per la cavezza Archibald, che non sembrava entusiasta della cosa e s'impuntava ribelle contro la sua padrona.

«L'ho già notato anch'io.» Tinka indicò le zampe di Windstorm. «Ce li ha da un paio di giorni. Credo che siano i segni delle loro lotte per la supremazia» aggiunse non senza una traccia di orgoglio.

Dubbiosa, Mika studiò il piccolo e pacifico castrone.

«Sei davvero convinta che sia stato Archibald?» le chiese incerta. «Anche se dovesse ritenersi il capobranco» – cosa di cui Mika riteneva il fiero pony pezzato perfettamente capace – «non dovrebbe avere qualche ferita a sua volta?»

«Mmm... già, hai ragione, invece lui non ha niente.» Tinka socchiuse gli occhi pensierosa, poi studiò Windstorm con occhio esperto. «Forse sono stati i parassiti. Depositano le uova nel mantello e allora i cavalli si mordono da soli e si sfregano, potrebbe sembrare che...» Ma Tinka non terminò la frase, perché nel frattempo Archibald aveva sciolto a morsi il nodo della cavezza e adesso galoppava felice verso Frau Holle.

«Archiiieee!» Tinka girò sui tacchi. «Oppure è amore» gridò correndo via. «In quel caso tutti vanno fuori di testa.»

Mika rimase a guardarla sorridendo, poi si voltò di nuovo verso Windstorm, che pascolava tranquillo accanto a lei.

«Ehi» gli disse dolcemente. «Scoprirò cosa ti è successo. E so anche a chi posso chiederlo.»

«Non ne ho idea.» Il signor Kaan scosse lentamente il capo e guardò pensieroso Mika, seduta vicino a lui sui gradini di legno che portavano alla sua abitazione.

L'anziano uomo aveva quella che per Mika era la casa più meravigliosa al mondo. Viveva in una vecchia casetta mobile proprio vicino al paddock di Windstorm e lì aveva costruito ogni cosa con le sue mani. Il signor Kaan era il nonno di Sam e in passato aveva lavorato a Kaltenbach come istruttore, finché la nonna di Mika lo aveva licenziato a seguito di una lite.

Da allora viveva lì, in mezzo alla natura, intagliava cavalli di legno e si godeva ogni singolo istante. Nell'ultimo anno Mika aveva imparato da lui tutto ciò che sapeva sui cavalli. Le aveva insegnato lui a cavalcare, alla sua maniera, senza finimenti né costrizioni.

Inoltre il signor Kaan era stato il primo ad avere avuto fiducia nell'istinto di Mika. Era un istruttore saggio, il suo maestro, come lei lo chiamava in modo affettuoso. Che potesse spiegarle anche quei suoi strani sogni?

«C'è qualcosa che non va?» le chiese come se le

avesse letto nel pensiero, porgendole una tazza di quel suo tè disgustoso che amava tanto bere.

Mika ne prese distrattamente un sorso e dovette farsi forza per non sputarlo subito. Che schifo! Mandò giù quell'intruglio amaro con un sorriso di cortesia. «Ecco, c'è un sogno che faccio di continuo. Di un posto spaventoso che mi attira... ma da cui allo stesso tempo voglio scappare. E poi c'è del filo spinato che mi trattiene e adesso lui... Windstorm... ha queste ferite...» concluse con una scrollata di spalle impotente. Si rendeva conto da sola di quanto tutto questo doveva sembrare sciocco.

«Mmm...» Il signor Kaan era un maestro delle pause prolungate e probabilmente deteneva il record mondiale di silenzio ininterrotto.

Dopo quella che a Mika parve un'eternità, finalmente disse: «Hai fatto caso alle sue orecchie?».

Mika non capiva. «Le orecchie?»

«Sì. I cavalli vedono anche con le orecchie. È lì che risiede la loro attenzione. Negli ultimi giorni, ogni volta che sono stato da lui era sempre presente con un orecchio solo. L'altro ascoltava... qualcosa laggiù.» Fece un cenno del capo in direzione del bosco. «In lontananza. Quasi come se non fosse del tutto qui.»

Mika annuì vigorosamente. «Sì! Sembra proprio così!» concordò con il signor Kaan. «È inquieto. Come se fosse... preoccupato. Ha qualcosa, ma che cosa? E perché non capisco che cos'è?» Mika chinò il capo sconsolata.

Il signor Kaan le rispose serio: «Mika, tu hai un legame profondo con quel cavallo, ma i cavalli sono come le persone: non sempre ci è possibile capirli del tutto. È molto più importante imparare ad accettare che ci sono cose che non capiamo. E imparare ad avere pazienza finché non riusciamo a comprenderle».

Mika cercò di riflettere sulle parole del signor Kaan.

«Troverà lui il modo di comunicare con te. Fidati di lui, abbi pazienza» le disse il vecchio alzandosi. «E non preoccuparti dei graffi. Per sicurezza gli applicherò una tintura di arnica, ma le ferite stanno già guarendo. Non è così grave.»

La pazienza non era proprio il punto forte di Mika, ma si sarebbe fidata di lui. Come sempre.

Capitolo tre

Quando Sam e Fanny uscirono dal grosso fienile, il sole era già basso all'orizzonte e immergeva lo spiazzo della tenuta in una luce arancione.

La giovane reporter trotterellava stancamente dietro al loquace garzone di scuderia.

«E questo è il top del top» annunciò orgoglioso Sam davanti alla successiva porta chiusa.

Fanny si costrinse ad aprire cortesemente gli occhi che erano già calati a mezz'asta. «Questa volta sul serio?» chiese senza sperarci davvero, quando Sam spalancò la porta con un «ta-da!». «Il santuario di ogni groom che si rispetti: il deposito foraggi!»

Fanny alzò gli occhi al cielo, mentre Sam cominciava a spiegarle tutto per filo e per segno. «Qui abbiamo i bidoni di foraggio: foraggio energetico speciale, müsli senza avena per gli allergici, müsli light per i cavalli in sovrappeso, müsli sportivo per quelli da concorso, müsli puledri per i...»

«Puledri?» completò per lui la frase Fanny un po' troppo mordace, ma Sam non fece altro che annuire entusiasta. «Esatto, bravissima!»

«Ecco, ho già trovato il prossimo argomento per il mio reportage-bomba: *La straordinaria molteplicità dei foraggi equini in agosto.*»

Sam la guardò. «Sembra interessante» disse convinto con aria serissima, tanto che per poco Fanny non scoppiò a ridere.

Il ragazzo proseguì imperterrito: «E questo è l'armadietto dei farmaci in cui...». S'interruppe scrutando il malconcio armadietto di metallo che aveva lo sportello socchiuso. «Strano, dovrebbe essere bloccato. Ma dov'è il lucchetto?»

Fanny si riscosse dal suo torpore e puntò gli occhi sull'armadietto. «Dici quello?» E indicò un lucchetto per terra.

Sam lo prese e i due ragazzi lo studiarono. Era evidente che l'arco di metallo argenteo era stato segato.

«Ma è... Forse qualcuno aveva urgenza di prendere qualcosa e non trovava la chiave?» mormorò. Le sue sopracciglia però si erano inarcate diffidenti. «Tra l'altro potrei giurare che negli ultimi tempi siano sparite delle scorte di foraggio.»

A un tratto gli occhi azzurri di Fanny lampeggiarono vispissimi. Finalmente la cosa si faceva interessante! Armadietti scassinati, foraggio rubato... se ne poteva cavare qualcosa!

Quando uscirono dalla scuderia, videro Mika entrare di corsa dal cancello.

Sam sorrise e disse a Fanny: «Ti ci dovrai abituare. Qui Mika la vediamo soltanto all'ora dei pasti».

Anche Mika sorrise. «Come, sentivate già la mia mancanza?»

«Neanche un po'» ribatté pronta l'amica. «È stato così eccitante! Tanti macchinari appassionanti, e poi balle di fieno e vari tipi di foraggio!» Simulò uno sbadiglio. «Però abbiamo un ladro! La cosa potrebbe farsi davvero interessante!» aggiunse visibilmente più entusiasta.

Mika scoccò a Sam un'occhiata interrogativa. «Sul serio?»

Ma Sam si strinse nelle spalle. «È Fanny che ha una fantasia un po' troppo sfrenata. Effettivamente di tanto in tanto spariscono un paio di cose qua e là, e il lucchetto dell'armadietto dei farmaci è rotto... però potrebbe esserci benissimo anche una spiegazione logica. Sarà meglio che vada a chiederlo al dottor Anders. Ci vediamo domani!» E con un cenno della mano, si allontanò in fretta.

Fanny si rivolse all'amica. «E allora, come sta il tuo Windstorm? Sei più tranquilla?»

«Sta bene. In effetti ha qualche graffio, ma... sta bene. Almeno credo» aggiunse un po' titubante, anche se in realtà era ancora preoccupata.

Windstorm si comportava in maniera strana, Kaltenbach aveva problemi e adesso ci mancava pure questa storia di un ladro misterioso. No, la cosa non la tranquillizzava per niente.

«Mika?» Sullo spiazzo riecheggiò la voce nitida della nonna. «Avanti, venite in casa e fatevi salutare finalmente! Tra poco è pronta la cena!»

«Arriviamo!» gridò Mika, che subito si voltò verso Fanny per darle le ultime istruzioni: «Allora, al cibo ti dovrai abituare, e mia nonna...».

«... mi dovrò abituare anche a lei, lo so» concluse al suo posto Fanny. «Ma non preoccuparti, quello che conta è scovare qualche storia interessante!» Fanny sorrise con aria complice e improvvisamente Mika si sentì felice di avere l'amica con sé.

«Non è più come prima, ma comunque va tutto bene» le rassicurò Maria, quando più tardi sedettero a tavola tutte e tre. «Volete ancora un canederlo?»

Mika scosse vigorosamente il capo e anche Fanny si affrettò a rifiutare con garbo.

La nonna aveva un brutto aspetto, pensò Mika osservando con più attenzione l'anziana signora, e non era colpa dei canederli immangiabili. Per quanto tenesse ancora la schiena ben dritta e i vestiti fossero inappuntabili come al solito, aveva la fronte segnata da rughe di preoccupazione e sembrava molto invecchiata dalla sua ultima visita. E anche la sua rassicurazione esplicita che andava tutto bene pareva un po' troppo tirata perché Mika potesse crederci.

Fanny masticava pensierosa i canederli gommosi, ma intanto si guardava attorno entusiasta. Sopra il lungo tavolo scuro della sala da pranzo era sospeso un lampadario luccicante; le posate erano d'argento e le stoviglie di porcellana celeste decorata con un motivo equestre.

«Qui è tutto elegantissimo, sembra di essere a Buckingham Palace!»

«Ah, perché, ci sei stata?» le chiese Maria sinceramente interessata.

«Ehm... no, purtroppo no» rispose Fanny affrettandosi a chinare la testa sul piatto.

Mika sorrise: Maria Kaltenbach non aveva esattamente il senso dell'umorismo.

«Allora... prima sono stata da Windstorm e gli ho trovato degli strani graffi...» cominciò guardinga Mika. Aveva sempre difficoltà a parlare liberamente dello stallone con la nonna, che quando lo aveva comprato aveva riposto in lui grandi speranze, ma poi era rimasta vittima di un grave incidente. Windstorm le aveva procurato ferite tali che Maria Kaltenbach aveva dovuto dire addio all'equitazione. E ai suoi occhi la colpa era tutta di Windstorm.

Mika non riusciva davvero a immaginare quanto dovesse essere stata dura per la nonna. Ma quello era il passato.

Windstorm non era più il cavallo selvaggio e pericoloso che bisognava tenere rinchiuso nell'ultimo box della scuderia, ormai anche Maria lo aveva ammesso. E forse poteva avere un'idea di quale fosse il suo problema. In fondo, oltre al signor Kaan, Mika non conosceva nessuno che avesse tanta esperienza con i cavalli.

«Non mi stupisce per niente che abbia dei graffi, sta sempre fuori, anche con il vento e il brutto tempo!» L'improvvisa durezza nella voce di Maria Kaltenbach spinse perfino Fanny ad alzare gli occhi dall'arrosto stopposo su cui stava battagliando con la massima concentrazione, sebbene senza successo.

«Se andassi a dire ai pochi possibili acquirenti che il mio unico cavallo da salto con vero potenziale e una discendenza da campioni del mondo se ne sta tutto il giorno in un paddock infestato di erbacce in compagnia di un pony suonato e di una mucca, mi guarderebbero come se avessi perso qualche rotella. E ne avrebbero tutte le ragioni!» terminò decisa.

Mika deglutì a fatica, e non soltanto per il canederlo immangiabile che aveva nel piatto. Era scioccata: non avrebbe mai immaginato che Windstorm potesse avere qualcosa a che fare con la difficile situazione della tenuta.

«Ma nonna» cominciò cautamente, rendendosi conto che le riusciva ancora strano chiamare così quella vecchia arcigna. «Se a Kaltenbach le cose non vanno bene...»

Maria la interruppe bruscamente. «Kaltenbach se la passa benissimo! La tenuta è di proprietà della nostra famiglia da oltre cent'anni e le cose non cambieranno.» E su quelle parole rivolse un sorriso alla nipote. «Va tutto bene, davvero. Allora, dov'è il dolce?»

«Il dolce?» Fanny sbarrò gli occhi inorridita. «Ecco, signora Kaltenbach, io non ho più posto, era tutto così squisito...»

«Sciocchezze, non hai quasi toccato cibo. E Marianne prepara un budino alla vaniglia veramente delizioso.»

Fanny scoccò a Mika un'occhiata supplichevole, ma l'amica scosse impercettibilmente il capo con aria di scusa.

Poco dopo le due ragazze entrarono nella loro antiquata camera da letto. «Quando ti ho visto rovesciare il budino nel vaso di fiori stavo quasi per sputare» rise Fanny.

Anche Mika ridacchiò. «Poveri fiori, se non fossero di plastica di sicuro a quel budino non sopravvivrebbero.»

Si lasciò cadere a pancia in giù sul letto a baldacchino, che protestò scricchiolando. Dalla finestra aperta entrava una mite brezza estiva e lei guardò fuori con un po' di nostalgia.

Cercò di ascoltare oltre il frinire dei grilli e il soffio del vento i rumori provenienti dal paddock. Che cosa stava facendo Windstorm in quel momento? Era sveglio, le parve di cogliere, e come lei guardava nel buio. Ma che cosa?

Mentre Mika sognava a occhi aperti, Fanny tirò fuori il portatile, lo sistemò sullo scrittoio antico, vi si sedette davanti e si scrocchiò le dita. Sarebbe diventata una giornalista famosa! Come Edna Buchanan, Helen Thomas e Antonia Rados. Il fatto che andasse ancora a scuola e che tra quella e la sua grande carriera dovessero passare un po' di anni era solo un dettaglio. Oltretutto in quel momento aveva un problema molto più serio.

«Ho il blocco dello scrittore!» gemette.

«Ma se hai appena iniziato!» brontolò Mika dal letto. «E poi siamo arrivate solamente oggi.»

«Non mi viene niente, sto arrugginendo. È che mi manca l'ispirazione!» Fanny si tamburellò la testa con le dita. «Senza contare che l'articolo deve essere pronto tra due settimane. Millecinquecento parole su *un luogo speciale* o su *una persona speciale* o su *un'esperienza speciale*. Il massimo sarebbe su una persona speciale che ha un'esperienza speciale in un luogo speciale. Ma mi pare che qui sarà piuttosto difficile trovare *qualcosa del genere*, non credi?» Si voltò verso l'amica in attesa di una risposta... ma Mika si era già addormentata. Non si era neppure spogliata e già dormiva della grossa.

Con un sospiro Fanny si alzò, sfilò le adorate scarpe da ginnastica rosse dai piedi di Mika e la coprì dolcemente. «Sogni d'oro» le disse affettuosa, prima di sbadigliare a sua volta. «Speriamo che il nuovo giorno mi porti più fortuna» mormorò spegnendo il computer. Rimase a guardare con un po' di malinconia la foto della Torre Eiffel svanire dal desktop, quindi spense la luce e s'infilò nel letto cigolante.

Capitolo quattro

Correva a perdifiato nel bosco buio. L'aria odorava di muschio e di abeti. Un vento fresco le soffiava nelle orecchie, rami neri le frustavano dolorosamente i fianchi.

Sentì il sapore del sangue, ma continuò a correre. Intravedeva già il limitare del bosco, la luce fioca della luna tra gli alberi alti. Era quasi arrivata!

Ora le mancava un solo ostacolo da superare, e questa volta ce l'avrebbe fatta, questa volta niente l'avrebbe fermata. Era sempre più vicina.

Il panico le gelava il sangue nelle vene, ma non si arrese, accelerò sempre di più. Schizzò fuori dal bosco, raccolse tutte le sue forze e saltò.

Nel suo letto a Kaltenbach, Mika spalancò gli occhi. Il cuore le martellava nel petto come un uccello che sbatte le ali in una gabbia troppo piccola. Si mise a sedere, si scostò una ciocca umida di capelli rossi dal viso e buttò le gambe giù dal letto. Di nuovo!

Eppure era stata così sicura che quando fosse ritornata a Kaltenbach da Windstorm, quei sogni sarebbero cessati. Windstorm!

Doveva andare da lui, e subito. Al suo fianco, Fanny dormiva sodo e nel sonno borbottava come un orsetto soddisfatto.

Pian piano Mika si alzò e sgusciò via dalla stanza. Andò in punta di piedi nella cucina della villa, dove prese un paio di mele che infilò nello zaino.

Fuori una luna grossa e tonda spandeva una luce pallida sullo spiazzo della tenuta addormentata. Stava per varcare il grande cancello, quando un tintinnio la fece fermare.

Proveniva dalla scuderia? Sam era ancora sveglio?

«Ehilà?» gridò piano, quindi aguzzò l'udito nel buio.

Il rumore cessò all'istante.

«C'è qualcuno?» riprovò, questa volta a voce più alta, ma non ebbe risposta.

Di certo era soltanto un cavallo che si era mosso nel suo box.

Stava per proseguire quando sentì dei passi. Quello non era un cavallo, era una persona. Una persona che cercava di non fare rumore.

Mika trattenne il fiato. Doveva essere il ladro!

In realtà avrebbe dovuto avere paura, ma dentro di sé sentì solamente ribollire la rabbia. Kaltenbach se la stava passando male! Che cosa gli veniva in mente, a quello spudorato, di derubarli? Gliel'avrebbe fatta vedere lei!

Prese un forcone che trovò appoggiato al muro e si avvicinò con circospezione al deposito foraggi. Non c'erano dubbi, lì dentro c'era qualcuno.

In quel momento Mika scorse anche il bagliore di una torcia. Con un balzo si piazzò davanti alla porta e con un tono di voce basso e profondo urlò: «Ehi, tu! Tu... Ehm... Siete circondati! Uscite con le mani alzate...» ma poi s'interruppe.

La porta del deposito si spalancò e le urtò la spalla così violentemente da spingerla all'indietro, facendola finire su una carriola. Un'ombra scura le schizzò davanti.

«Ehi!» le gridò dietro furiosa. Imprecando, sgambettò fuori dal mucchio di letame caricato sulla carriola e si lanciò all'inseguimento. Non le sarebbe sfuggita!

Riuscì a vedere davanti a sé la sagoma scura che si precipitava fuori dal cancello e scappava sullo sterrato.

«Ferma! Fermati subito!» urlò scagliandole dietro le mele che aveva nello zaino.

Plonk, plonk, plaff! Uno dei proiettili doveva avere centrato il bersaglio e Mika si sentiva già certa della vittoria... quando a un tratto nel buio davanti a lei sentì il gemito di un motore che si accese, sbuffò e poi partì.

Contro un ciclomotore, anche uno così antiquato, non aveva nessuna possibilità. Si fermò ansante e con terribili fitte al fianco per riprendere fiato. Lo scoppiettio si spense nell'oscurità.

Mika arrivò al casotto del signor Kaan tutta trafelata. Alla luce della luna le figurine intagliate che stavano su un grosso scaffale davanti alla sua veranda disegnavano ombre sinistre. Mika strisciò rapidamente oltre la casetta mobile, si arrampicò sul cancello del paddock e aspettò di sentire il familiare sbuffo di Windstorm, ma non sentì nulla.

Adesso la luna era nascosta dietro una nuvola e in quell'oscurità Mika non riusciva a vedere il morello da nessuna parte. Fischiò piano.

E finalmente le rispose uno sbuffo, ma molto più profondo e molto simile a un assonnato... «Muuuu!».

Di sicuro quello non era il suo cavallo. «Windstorm?» chiamò piano, ma non ci fu alcun movimento.

Chiamò ancora, questa volta più forte, e nella sua voce fece capolino la paura. «Windstorm!»

Non c'era! Corse nel buio della notte per tutto il paddock rischiando di inciampare in Archibald, che dormiva accoccolato tranquillamente vicino alla sua mucca.

«Windstorm!» Mika tastò il terreno davanti a sé, metro per metro, ma era certa che se fosse stato lì, ormai l'avrebbe raggiunta.

Era quasi arrivata alla grande quercia quando, alle sue spalle, sentì lo scalpitio degli zoccoli. Si voltò e vide il cavallo nero staccarsi dall'ombra e trottare a testa bassa verso di lei.

Mika trasse un sospiro di sollievo. «Finalmente, eccoti qui! Dormivi così sodo?» Gli diede una pacca sul collo e si stupì di trovarlo sudato e tremante. «Ehi, ehi, buono, tranquillo. Che ti succede? Anche tu hai fatto brutti sogni?»

Tirò fuori dallo zaino una delle mele rimaste e gliela porse, ma Windstorm la fiutò nervoso senza morderla.

«Se non la vuoi, peggio per te.» Mika addentò di gusto il frutto e si lasciò cadere stancamente sull'erba ancora tiepida. Pian piano lo stallone si andò tranquillizzando e alla fine piegò le zampe anteriori e si sdraiò cauto al suo fianco. «Vedi, anche tu sei stanco. Intanto dormiamo, e domani... domani risolveremo tutti i problemi.»

Con uno sbadiglio, Mika si accoccolò vicino a Windstorm, che ora respirava in maniera più regolare e non tremava più.

L'ultima cosa che Mika vide prima di chiudere gli occhi furono le orecchie attente dello stallone. Una era rivolta verso di lei, l'altra ascoltava un punto da qualche parte, nel nero della notte. Ma la certezza di non essere più da soli li fece sprofondare nel sonno.

Zzz. Zzz.

Nel dormiveglia Mika cercò di scacciare quella mosca fastidiosa che evidentemente si era messa in testa di infilarsi nel suo orecchio.

Zzz.

Mika aprì un occhio. E si rese conto di avere la guancia appoggiata al cellulare, che era scivolato sull'erba e adesso vibrava energicamente.

Il sole era già sorto, ma nel prato aleggiava ancora la foschia mattutina che immergeva il paddock in una luce morbida. Windstorm era già in piedi e pascolava al suo fianco.

Mika si mise a sedere e lo stallone le diede una spintarella scherzosa nel fianco con il muso. La ragazzina ricambiò il gesto. «Buongiorno anche a te. Però avresti anche potuto svegliarmi.»

Si sfregò gli occhi e si passò le mani sulla faccia, dove i fili d'erba si erano stampati lasciandole il segno. «O perlomeno preparare la colazione.»

Per tutta risposta Windstorm strappò un bel ciuffo vicino a lei e lo masticò di gusto. Mika sorrise felice. *Zzz!* si rifece vivo il cellulare. Mika lo recuperò dall'erba alta.

Quattro messaggi di Fanny. *Dove sono?* diceva il primo SMS. *E tu dove sei?* il secondo. *Sei andata al gabinetto? O a fare una passeggiata?* E l'ultimo: *Mika! Ti hanno rapita?*

Mika si alzò. «Fanny ha davvero troppa fantasia... adesso devo andare.» Salutò Windstorm con una carezza sulla fronte, prese lo zaino e scappò via nel prato umido. «A dopo!»

Quando arrivò alla tenuta, la nebbia del mattino si era diradata, il cielo era già terso e di un azzurro splendente.

Fanny, invece, seduta ad aspettarla al sole sui gradini della villa, era di umore tutt'altro che splendente.

Mika le andò incontro con un sorriso riposato. «Ciao! Ho dormito come tre marmotte in coma!» le disse. «E tu invece?»

Fanny la fulminò con lo sguardo. «Oh, non potrebbe andare meglio. Mi hanno svegliato due tizi che cercavano di portare il mio letto fuori dalla stanza. Ero sicura che tu fossi stata rapita, ma per sicurezza ho raccontato a tua nonna una storia decisamente credibile sulla tua nuova passione per lo sport mattutino. Così ho avuto il piacere di fare colazione da sola con la spiritosissima e soprattutto briosa signora. Hanno servito "deliziosi" croissant più duri di un giubbotto antiproiettile e caffè d'orzo gelido che avrei scambiato volentieri con l'intruglio per il mantello dei cavalli preparato da Tinka.» Fanny le scoccò un sorriso mellifluo. «Però ho dormito davvero da sogno, grazie dell'interessamento.»

Mika scoppiò a ridere. Adorava il senso dell'umorismo dell'amica. «E chi è che voleva portare via il nostro letto?» s'informò.

«Non so, qualcuno assunto da tua nonna, non ne ho idea» rispose vaga Fanny. «Però avevano sbagliato stanza. Ma tu hai davvero dormito in mezzo ai prati?» chiese incredula indicando l'impronta d'erba che stava già sbiadendo sulla guancia di Mika.

Mika annuì. «Sì. Mi sono svegliata nel cuore della notte e volevo andare a vedere Windstorm. E quando sono...»

«Buongiorno, ragazze.» Sam, che stava passando davanti a loro con una sella sul braccio, le salutò sfiorandosi il cappello di paglia che portava disinvoltamente sulla nuca.

«Sam, vieni un po' qui» lo chiamò Mika con un gesto. «Devo raccontarvi una cosa.»

«Sul serio?» Fanny la guardò con un misto di curiosità, eccitazione e dinamismo.

Sam strinse minaccioso il pugno. «Un ladro! Ecco, lo sapevo! Questo spiega...»

In quel momento sopra di loro si aprì la porta della villa e Maria Kaltenbach uscì dalla casa. Sam tacque di botto e scoccò alle ragazze un'occhiata insistente, portandosi un dito alle labbra. Neanche una parola con la signora Kaltenbach!

La nonna di Mika sorrise benevola ai tre ragazzi. «Buongiorno a tutti. Mika, mi fa piacere sapere che ti tieni in esercizio. Fa molto bene per il portamento. Com'è andata la corsa?»

Mika sorrise e alzò il pollice. «Ottimamente. Sono in formissima!» Poi, a voce un filo troppo alta, aggiunse: «Ehm... allora, Sam, puoi mostrarci... ecco... quella cosa che ci volevi mostrare?».

Sam annuì vigorosamente. «Sì, venite con me. Vi mostro subito... quella cosa.»

Fanny si accinse a seguirlo, alzando gli occhi al cielo davanti alla miseranda recita degli altri due, ma Maria Kaltenbach non li aveva sentiti comunque. Stava guardando con aria preoccupata una macchina che risaliva il viale d'accesso.

Per un attimo i tre ragazzi si fermarono indecisi, poi Sam sussurrò: «Venite, conosco un posto segreto».

«Eeeeeccì!» Fanny starnutì talmente forte che Sam e Mika sussultarono contemporaneamente.

«Ehi, accidenti, vuoi fare un po' più piano?» sibilò Sam con un'occhiata carica di rimprovero. Stavano seduti stretti uno vicino all'altro nel nascondiglio segreto di Sam, un buco tra mucchi altissimi di balle di fieno impilate in un casotto vicino alla scuderia.

Mika passò ammirata la mano sulle pareti e sul soffitto di fieno pressato. «Fantastico! Una casa di fieno in mezzo al fieno.»

«Davvero forte» ansimò Fanny seccata, mentre veniva scossa da un altro fastidioso attacco di starnuti. «Soprattutto per chi soffre di febbre *da fieno*. Non per niente si chiama così! E perché poi dobbiamo nasconderci? Tua nonna deve pur essere informata di questa faccenda del ladro, dico bene?»

«Sì» rispose tetro Sam. «Ma solo quando lo avrò acciuffato e potrò presentarglielo su un piatto d'argento. Ha già abbastanza preoccupazioni» aggiunse serio, quindi si voltò ansioso verso Mika. «Allora, sentiamo. Che aspetto aveva? Era un uomo o una donna? Colore dei capelli, degli occhi, statura, vestiti?»

Mika si mordicchiò il labbro. «Be', ecco... era buio ed è successo tutto in fretta. Ho sentito dei rumori nel deposito foraggi. Così gli ho urlato di uscire, e lui o lei l'ha fatto. Solo... troppo velocemente. Mi è passato davanti di corsa, io l'ho inseguito, ma poi è saltato su un ciclomotore. Quindi sì, l'ho visto, o vista, ma non l'ho riconosciuto» concluse.

Sam la guardò incredulo. «Gli hai *urlato*? Eri da sola con un ladro nel cuore della notte e hai attirato l'attenzione su di te?»

Fanny accarezzò orgogliosa il ginocchio dell'amica. «Mia eroina!» sussurrò, ma Sam non lo trovò per nulla divertente. «Accidenti, Mika, quel tizio ruba farmaci costosi e foraggi speciali, probabilmente è pericoloso, avrebbe potuto farti del male!»

Mika aggrottò le sopracciglia cocciuta. Sam le sembrava ingiusto, anche se con il senno di poi in effetti un po' di tremarella ce l'aveva. «È che all'improvviso mi sono infuriata!» si difese convinta. «Io...» Ma poi il rumore di passi che si avvicinavano la fece tacere.

La voce di Maria Kaltenbach giunse ovattata ma nitida al di là delle spesse pareti del nascondiglio. «Mi serve soltanto una semplice proroga» stava dicendo con un tono insolitamente supplichevole.

Davanti alla torre di fieno c'erano due uomini con cartelle portadocumenti marroni e occhi freddi. Uno era più vecchio e l'altro più giovane, ma per il resto con i loro completi scuri ed eleganti erano molto simili.

Il più giovane guardò severamente la nonna di Mika e sfogliò le carte che aveva in mano. «Signora Kaltenbach, ha già acceso un'ipoteca enorme sulla tenuta ed è in ritardo di sei mesi sul pagamento delle rate. Non possiamo più concedere nessuna "semplice" proroga» disse con una vena di malignità nella voce.

Il più anziano aggiunse con un po' più di riguardo: «Purtroppo è vero, Maria. Se nelle prossime settimane non riuscirai a effettuare alcun pagamento, o perlomeno a dimostrare una *possibilità* di pagare, allora non ci rimane altra scelta...».

Nel rifugio di balle di fieno, Mika e Sam non osavano quasi respirare, soltanto Fanny stava per esplodere in un altro starnuto gigante. Oh, no, non ora!

All'ultimo momento Sam le tappò energicamente il naso. Adesso la signora Kaltenbach e i due uomini erano esattamente davanti all'ingresso del loro nascondiglio.

La voce di Maria Kaltenbach s'incrinò: «Ma... ho già venduto alcuni mobili per poter pagare un piccolo acconto. E tra due settimane ci sarà il Kaltenbach Classics. È uno dei più importanti concorsi di salto ostacoli per nuove leve che si tiene qui tutti gli anni» aggiunse a mo' di spiegazione, dato che il giovane bancario la guardava con espressione interrogativa. «E dopo di allora arriveranno sicuramente nuovi clienti. Succede sempre così.»

L'uomo più anziano le sorrise con sincero rammarico. «Questa volta un piccolo acconto non basterà, Maria. Ci occorre qualcosa di solido. Che ne è stato di quel cavallo nel quale avevi investito tanto?»

Il viso di Maria Kaltenbach si rabbuiò.

Il giovane bancario cominciò a sfogliare la documentazione. «Ecco, è qui: ha pagato quasi mezzo milione di euro per...»

Tra le balle di fieno Mika sgranò gli occhi. «Windstorm» sussurrò.

«... per Windstorm?» disse contemporaneamente la

voce all'esterno. «E allora, dov'è finito questo cavallo portentoso? Non si potrebbe vendere quello? Mezzo milione sarebbe già un inizio.»

Ma Maria Kaltenbach scosse il capo senza dire una parola. «No? D'accordo, di cavalli io non ne capisco niente, invece di soldi ne so parecchio e le dico una cosa, signora Kaltenbach: lei è finita! E abbiamo finito anche noi, abbiamo esaurito la pazienza.» E con ciò se ne andò deciso verso la macchina.

La nonna di Mika prese confidenzialmente sottobraccio l'uomo più anziano. «Klaus? Suvvia, noi due ci conosciamo da tanto tempo, e sai che non sono mai stata brava a chiedere favori. Però mi servono ancora un paio di mesi, ti prego!»

Tuttavia, anche il banchiere brizzolato scosse mestamente il capo. «Due settimane. Fino a dopo il concorso. Poi Kaltenbach verrà messa all'asta. Mi dispiace molto.»

Il giovane collega si voltò a chiamarlo. «Klaus, vieni o no? Qui c'è una puzza tremenda!» urlò, e in quel momento mise il piede su un forcone da letame appoggiato al muro della villa. Il manico scattò in avanti e colpì con violenza quello sbruffone. Ahia!

Sul viso di Maria affiorò per un attimo un sorriso astioso, poi la donna si voltò e senza dire una parola andò verso casa.

Nel rifugio in mezzo al fieno, Mika stringeva con

tale forza il braccio di Fanny che l'amica dovette trattenere un grido. E anche Sam era rimasto paralizzato, come se avesse appena preso un pugno in faccia.

Fanny si liberò dalla presa ferrea di Mika e si sfregò il braccio. «Cavoli!» E in quella sola parola riassunse ciò che pensavano tutti.

Mika avrebbe voluto dire qualcosa, ma in quell'istante all'esterno si udì un'altra voce. Era una voce che Mika conosceva, ma che di rado aveva sentito lì a Kaltenbach.

«Maria, aspetta!» gridò il signor Kaan. «Volevo solamente darti un po' di quella piantaggine selvatica di cui ti ho parlato. Fa miracoli contro le gambe affaticate, e va bene sia per gli uomini sia per gli animali.» Teneva in mano un fascio di anonime foglie verdi e sorrideva in modo affettuoso, mentre si avvicinava a Maria Kaltenbach, ferma sulla soglia.

La nonna di Mika sorrise stancamente. «Oh... grazie» disse prendendo il mazzo di erbe con aria distratta.

Il signor Kaan la scrutò con attenzione. Il suo ex istruttore capo sapeva leggere le persone bene quanto i cavalli, Maria Kaltenbach lo aveva notato già in passato.

«È successo qualcosa?» le domandò preoccupato, ma in quel momento Maria non se la sentiva di parlarne. Da dove avrebbe dovuto iniziare?

La donna si sforzò di esibire un sorriso che doveva sembrare tranquillo. «No, niente, è solo che ho un po' di fretta, però ti ringrazio davvero» rispose cortesemente, quindi si affrettò a entrare in casa e a chiudere la porta prima che, con il suo settimo senso, il signor Kaan potesse avvertire quanto stava male. Ma Maria non era stata abbastanza svelta.

Prima che la porta si chiudesse del tutto, il signor Kaan riuscì a guardarla in viso un'ultima volta. Non si mosse ancora per un po', quindi girò sui tacchi e se ne andò.

Nel nascondiglio, Sam si sfregò la faccia con le mani come per svegliarsi da un brutto incubo. Dal suo volto era scomparsa ogni traccia di colore. «E così, questa sarà la nostra ultima estate a Kaltenbach» disse poi con voce spenta.

Mika si ribellò: «Non può essere vero! Ancora ieri sera ci ha detto che va tutto bene! L'hai sentito anche tu!».

Fanny, con gli occhi ormai completamente rossi per l'allergia, annuì. «Sì, l'ha detto. Però, se devo essere sincera, già ieri non l'avevo trovata molto convincente. E poi stamattina quella storia del letto... ho paura che tua nonna abbia davvero grossi problemi.»

Mika guardò Sam, che dopo la faccia adesso si stava stropicciando i capelli, scompigliandoli talmente che Mika sarebbe senz'altro scoppiata a ridere, se fosse stata in vena. «Ma che cosa possiamo... Dobbiamo fare qualcosa!»

Fanny s'infervorò subito. «Ci sto. Per esempio... e se rapissimo quei due avvoltoi della banca e li vendessimo su eBay? Di recente ho letto qualcosa del genere in un articolo.»

Sam la fissò allibito. «Che cosa?»

Mika scosse il capo desolata. Fanny amava considerarsi un tipo estremamente "pragmatico", anche se a volte le soluzioni che trovava sfociavano in catastrofi. L'ultima volta aveva dato fuoco alla macchina del loro insegnante.

Sam si alzò. «Magari voi lo trovate divertente, ma questo non è uno stupido gioco» sibilò. «Lo sapete che cosa succederà se Kaltenbach finirà nelle mani della banca? Mio nonno verrà mandato via dalla sua casetta mobile, e per lui sarebbe la morte. Io perderò il posto di apprendista e... e...» s'interruppe. «E anche casa mia» concluse sommessamente.

Mika lo guardò stupita. Non aveva mai visto Sam così disperato, di solito era sempre di buonumore. «E... che cosa ne sarà di Windstorm?» non riuscì a trattenersi dal chiedere, e a quel pensiero anche lei scattò in piedi allarmata.

«*Windstorm, Windstorm*» le fece il verso Sam fulminandola con gli occhi scuri. «Ti interessa soltanto di te e del tuo cavallo. Di quello che succederà a noi non t'importa niente. E hai sentito anche tu: è colpa di Windstorm se siamo in bancarotta. Tu avresti potuto salvare Kaltenbach, ma no, Mika ha i suoi *principi*.» Prese fiato per concludere il suo monologo con una battuta a effetto. «O per meglio dire: il suo ego immenso.» E si allontanò furioso sferrando un gran calcione alle balle di fieno all'ingresso del loro nascondiglio.

Mika rimase a guardarlo attonita.

«Eeeecccì!» Fanny fu riportata alla realtà da un poderoso starnuto. «Ehm...» osservò secca seguendo con lo sguardo Sam che tirava un altro calcio a un secchio, facendolo volare attraverso lo spiazzo. «L'idea di mettere i bancari su eBay non gli è piaciuta, giusto?»

Mika sospirò. «Del resto era un'idea totalmente idiota.»

«Be'...» Fanny stava per difendersi, ma qualcosa nell'espressione di Mika le disse che in quel momento alla sua amica non serviva una soluzione pragmatica... o, insomma, idiota.

«Ehi» cercò di consolarla accarezzandole un braccio. «Che cosa intendeva Sam quando ha detto che potresti salvare Kaltenbach?»

Mika la guardò. Nei suoi occhi ardeva una fiamma pericolosa. «Secondo lui avrei dovuto partecipare ai concorsi con Windstorm.»

Fanny non capiva. «Ah. E in che modo questo salverebbe Kaltenbach?»

«Per loro significherebbe avere una squadra competitiva che potrebbe partecipare a tutti i concorsi possibili. Un cavallo famoso. E allora verrebbero anche altri proprietari di cavalli e li farebbero allenare qui. E magari anche sponsor e... ah, che ne so io...» Adesso Mika sembrava davvero infelice. «Dobbiamo studiare qualcos'altro, Fanny. Assolutamente!»

Fanny annuì decisa per solidarietà, ma nei suoi occhi Mika non lesse la sicurezza che avrebbe desiderato.

Capitolo cinque

«Non potremmo telefonare ai tuoi e chiedere i soldi a loro? Ah, giusto, non hanno mezzo milione da parte. E se avviassimo una raccolta fondi su Internet?»

Le due ragazze gironzolavano in un prato fiorito, Mika persa nei suoi pensieri e Fanny tutta presa a parlare tra sé. «Oppure potremmo rapinare una banca.»

Mika la fissò esterrefatta. «Ma ti ha dato di volta il cervello?»

Fanny sorrise. «Volevo solo controllare che mi stessi ascoltando.»

Mika fece un sorriso stanco. «Sarà tutto inutile. Credo che...»

Fanny si fermò a guardarla con aria serissima. «Io credo che per prima cosa dovresti parlare con tua nonna» azzardò.

Mika sospirò. «Lo so. Ma ho paura di quello che dirà.»

Adesso fu la volta di Fanny di sospirare. «Ti capisco.»

Proseguirono in silenzio, ma a un tratto Mika si picchiò il pugno sul palmo della mano. «Vado a parlarle. Ora, subito!» E così dicendo girò sui tacchi, piantò Fanny in asso e tornò di corsa alla villa.

L'amica rimase a osservarla sbalordita. «Certo. Vai pure. Io preferisco restare qui, in mezzo alla natura... Aaarrrgh!» gridò spaventata, quando sulla spalla le atterrò una cavalletta grossa quasi quanto un pugno.

Le finestre dell'elegante soggiorno erano spalancate, in lontananza si sentiva il frinire dei grilli. Maria Kaltenbach sedeva sulla sua sedia a dondolo di vimini senza fare caso alle mosche che tenevano una conferenza sul suo braccio. Guardava il dipinto a olio con la cornice dorata appeso sopra il divano verde oliva: *Kaltenbach 1927*.

La sua amata tenuta, che aveva ereditato dai suoi genitori in quanto figlia unica. Di proprietà della famiglia da diverse generazioni, Kaltenbach era stata una tenuta molto apprezzata dove un tempo si allevavano cavalli per l'esercito e successivamente campioni di salto. In tutta la Germania il nome Kaltenbach era stato sinonimo di eccellenza e lo era diventato ancor di più quando a ventinove anni lei stessa aveva vinto le Olimpiadi in sella alla sua adorata giumenta Pocahontas.

E ora lei l'aveva mandata in rovina! Qualche anno prima aveva dovuto chiudere l'allevamento che non era più redditizio e si era concentrata completamente sulla disciplina del salto ostacoli e sull'addestramento dei propri allievi. E adesso?

Adesso nella sua scuderia non c'era un solo talento promettente, nessun istruttore famoso... e lei si sentiva sempre più stanca. Mancavano ancora due settimane al Kaltenbach Classics, che aveva istituito venticinque anni prima. Il Classics era sempre stato il suo orgoglio. Quell'anno, al concorso del venticinquennale, per la prima volta non avrebbe schierato in partenza un cavallo della sua scuderia. Che vergogna!

Maria Kaltenbach chiuse gli occhi. Finalmente riusciva ad ammettere quello che aveva cercato di negare a se stessa negli ultimi mesi: quello sarebbe stato il suo ultimo Classics. Perché Kaltenbach era...

«Nonna?»

Maria vide la nipote ferma sulla soglia. Un paio di ciocche dei suoi fiammeggianti capelli rossi le pendevano arruffate davanti alla faccia, aveva le guance arrossate, gli occhi lampeggiavano aggressivi e in quel momento più che mai le ricordavano se stessa. La somiglianza era davvero sorprendente.

«Ti ho svegliata?» le chiese Mika esitante.

«No, no» si affrettò a rispondere Maria. «Che succede?» Sempre immersa nei suoi pensieri, picchiettava il bastone sul vecchio parquet.

«È quello che vorrei sapere io da te!» Mika si avvicinò e si fermò proprio davanti alla nonna, che alzò la testa sorpresa. «Ieri hai detto che qui andava tutto bene e oggi arrivano dei tizi che portano via dei mobili e altri che parlano di mettere Kaltenbach all'asta.» Mika la fissava a braccia conserte con aria di sfida. «Credi davvero che non mi sia accorta di niente?»

Maria si raddrizzò a fatica per incontrare gli occhi della nipote perlomeno a metà strada. «Mika, le cose non sono così semplici. Non volevo farti preoccupare» cercò di tranquillizzarla.

Ma Mika non aveva la minima intenzione di lasciarsi tranquillizzare. La voce le tremava. «Se per Kaltenbach le cose vanno male, allora vanno male anche per me. Perciò ti prego, dimmi la verità: quanto è grave?»

Maria Kaltenbach restò a guardarla in silenzio per un po'. «Non è come...» iniziò, ma qualcosa negli occhi della nipote la bloccò. Maria cedette: era arrivata l'ora di dire la verità. «Non riuscirò a conservare Kaltenbach.»

Mika rimase senza fiato. «Ma... che ne sarà di... Sam, e del signor Kaan e...?»

Non disse Windstorm, ma lo pensò... E anche: che ne sarà di me? Ma non disse neppure questo.

Maria Kaltenbach scosse lentamente il capo. «Non lo so.»

Per Mika quella manifesta impotenza fu la cosa peggiore. Sua nonna aveva sempre una soluzione per tutto.

«Non c'è proprio niente che possiamo fare?» chiese, ma la nonna la fissò un po' troppo a lungo. Nell'aria era sospeso qualcosa di non detto.

Alla fine Maria riuscì a sorridere e a darle una carezza sul braccio. «Puoi trascorrere qui un'ultima bella estate!»

Mika scosse via la mano. Sentiva un groppo in gola che non riusciva a mandare giù e che ben presto sarebbe stato seguito dalle lacrime. Doveva andare via da lì!

Si voltò di scatto e corse per il lungo corridoio, giù per le scale, lontano.

«Mika!» le urlò dietro la nonna spaventata, ma la nipote era già fuori dalla porta.

Corse più in fretta che poté e non si fermò. Non per le grida della nonna. Non per Tinka, che sullo spiazzo cercava di rappacificare Archibald con il maniscalco. E non per Fanny, che ansimando le veniva incontro sul viale d'accesso della tenuta e non poté far altro che restare a fissare senza parole la nuvola di polvere sollevata da Mika dietro di sé.

In quel momento c'era solo qualcuno che poteva capirla. Sentì il suo nitrito familiare già da lontano.

Il mantello nero di Windstorm brillava al sole del

pomeriggio. Lo stallone era già fermo al margine del pascolo e la guardava come se stesse aspettando il suo arrivo.

Mika si arrampicò in fretta sul recinto e si issò in groppa al cavallo. Affondò le dita nella sua folta criniera, cinse la pancia con le gambe e gli sussurrò all'orecchio: «Andiamo via!».

Windstorm sbuffò felice e partì subito in un galoppo rilassato. Finalmente erano di nuovo insieme!

Sfrecciarono nel paddock, Mika stretta al dorso dell'animale, quasi come se fossero una cosa sola. Saltarono lo steccato senza sforzo e poi partirono attraverso i campi, all'ombra del limitare del bosco, su un prato dove ondeggiavano le spighe di grano... La meta non aveva importanza, l'unica cosa che contava era andare via.

Mika sentì che anche Windstorm non voleva fermarsi. Avvertiva la sua inquietudine e la sua tensione, che si alleviavano nella pura ebbrezza della velocità.

Il laghetto in mezzo al bosco scintillava verde e placido sotto il sole, libellule argentee ronzavano fitte fitte sulla superficie immobile dell'acqua in cui si riflettevano gli alberi circostanti.

Mika aveva sognato quel posto infinite volte quando era nel suo letto a Francoforte. Lì si era arrampicata per la prima volta sulla groppa di Windstorm. Rivide il signor Kaan davanti a sé, lo vide sorriderle incoraggiante dalla riva mentre l'imponente cavallo si addentrava incerto nel lago.

Saltò giù dal dorso di Windstorm. Era completamente fradicia, e lo era anche lo stallone, che a capo chino sulla riva aspirava l'acqua fresca.

Senza esitare, Mika si sfilò le scarpe da ginnastica, si liberò dei jeans e si tuffò. Windstorm alzò la testa con un nitrito tranquillo.

Mika rise. «Su, dai, vieni anche tu!» Stesa sulla schiena, nuotò in tondo, s'immerse e riemerse subito dopo davanti a lui.

Windstorm arretrò con un saltello e scosse il collo sbuffando.

Mika affondò la bocca sotto la superficie, prese un gran sorso d'acqua e ne sputò un fiotto verso di lui. «E avanti, vieni, codardo! Qui dentro si sta benissimo! Bagnati!»

Windstorm rimase a guardarla senza muoversi dalla riva.

Mika si alzò, stese in fuori la mano e ruotò leggermente il corpo di lato. «Non avere paura.»

Il cavallo scuro fece un passo verso di lei senza toglierle gli occhi di dosso. Quando lentamente e un po' guardingo entrò in acqua, il volto di Mika si allargò in un sorriso. Sguazzarono felici e senza pensare al resto del mondo: la rossa lunga e smilza e il cavallo maestoso.

Mika si tuffò dal dorso di Windstorm lasciandosi cullare vicino a lui. Lo stallone sbuffò, soffiò acqua dalle froge e scappò spaventato davanti a un'anatra intimorita quanto lui.

Dopo si asciugarono all'ombra di un altissimo faggio, Mika stesa sul prato, Windstorm a pascolare tranquillo al suo fianco. A poco a poco la spensieratezza delle ultime ore si dissolse.

Mika rifletteva: dovevano salvare Kaltenbach. Non potevano rinunciare così, senza lottare! Perdere Kaltenbach significava allo stesso tempo perdere Windstorm. E senza Windstorm...

Non completò il pensiero. Più indugiava, più le era chiaro quello che doveva fare. In realtà, anzi, le era stato chiaro già da un pezzo. Lo aveva detto Sam: lì non c'erano in gioco solamente lei e il suo cavallo.

Mika sospirò e Windstorm alzò subito il muso con aria interrogativa. Anche lui era diventato più inquieto. La ragazzina si girò verso di lui, con la testa ancora nell'erba, e lo guardò sbattendo le palpebre al sole. Studiò i segni che aveva sul mantello scuro. Anche quello era un mistero da risolvere.

«È davvero un bel pasticcio!» annuì pensieroso il signor Kaan, e non si riferiva alla sua ultima scultura in legno, che stava incompleta sul nodoso banco da lavoro davanti a lui.

Raffigurava una persona con zampe di cavallo oppure, pensò Mika studiando l'intaglio con attenzione, un cavallo con il busto di una persona. Dipendeva dai punti di vista.

Seduta sulla ringhiera della veranda del signor Kaan, Mika faceva dondolare le gambe. Aveva i capelli ancora umidi, il viso arrossato. La cavalcata le aveva fatto bene e le aveva schiarito le idee. Se altri quando avevano un problema ci dormivano su, lei aveva bisogno di andare a cavallo.

Il signor Kaan lavorò ancora un po' di scalpello, mentre Mika proseguiva esitante: «È solo che ho la sensazione di non avere scelta. Dopo l'ultima volta non volevo più... cavalcare in quel modo. L'ho promesso a Windstorm! Ma se non partecipiamo al Classics, non ci resta neppure questa piccolissima possibilità. E allora non avremo più niente».

Il signor Kaan non rispose, si limitò a studiare concentrato il suo uomo-cavallo.

«Comunque sarebbe solo per una volta. E c'è di mezzo Kaltenbach. E Sam, e la nonna e...» Mika esitò, ma il signor Kaan annuì verso di lei. Sapeva bene quello che voleva dire. «E lei» concluse Mika decisa. «E allora, che cosa devo fare? Infrangere la mia promessa nel tentativo forse disperato di salvare Kaltenbach?»

Il signor Kaan fece scorrere lo sguardo fino al limitare del bosco, dove lentamente il sole calava dietro gli alberi. «A volte bisogna infrangere una promessa per fare posto al presente. Si chiama responsabilità.»

Mika aveva la sensazione che il vecchio non parlasse più soltanto di lei. Rimasero in silenzio per un po'. Mentre contemplavano tranquilli il tramonto, si levò un vento fresco.

Alla fine il signor Kaan si alzò dal suo sgabello. «Si è fatto tardi. Probabilmente tua nonna sarà preoccupata.»

Mika annuì e saltò giù dalla ringhiera. «Grazie.»

L'anziano signore la fissò stupito. «E per cosa?»

«Per tutto. E perché adesso so che cosa devo fare.»

«Lo sapevi anche prima» sorrise lui, e Mika ricambiò il sorriso. «Sì, ma adesso so che non sono sola.»

Accennò un inchino. «Buonanotte, maestro!» disse, e si allontanò nella sera.

Il signor Kaan rimase a guardarla sorridendo. «Maestro... che sciocchezza!» borbottò, però rientrando nel suo casotto si sentiva lusingato.

L'ora blu. Kaltenbach brillava di un azzurro turchese. Maria Kaltenbach era seduta tutta sola al lungo tavolo in sala da pranzo. Marianne, brava donna ma cattiva cuoca, stava sparecchiando l'unico piatto rimasto con un involtino di foglie di cavolo intatto.

«Può pure portarlo in cucina, Marianne. Di sicuro per questa sera mia nipote non si farà più vedere» stava dicendo Maria proprio nel momento in cui Mika entrò nella stanza.

«Oh, e invece sì. E ho una fame da lupi!» Le due donne si voltarono stupite. «Mika! Ma dove sei stata per tutto il giorno? Eravamo preoccupate per te. Neppure la tua amica... Franzi?... sapeva dove ti fossi cacciata» le disse Maria con un lieve rimprovero nella voce.

Mika attraversò la sala a grandi falcate e andò a sedersi al suo posto, all'altro capo del lungo tavolo. Marianne le mise il piatto davanti. «Glielo devo scaldare?» le chiese zelante.

Ma Mika scosse la testa. «No, grazie. Va benissimo così.» Caldo o freddo, con le capacità culinarie di Marianne non faceva differenza. E comunque mangiare era il meno.

«Lo facciamo» annunciò risoluta.

Maria Kaltenbach la guardò senza capire. «Come? Che cosa? E di chi stai parlando?»

Mika deglutì. Ormai non poteva tirarsi indietro. «Sto parlando di Windstorm e di me. E di te. Tra due settimane parteciperemo al Classics. Cioè, Windstorm e io. E tu... ci allenerai.»

Mika notò la gioia incredibile che si allargava sul viso della nonna e scacciò la sensazione spiacevole che nello stesso tempo aggrediva lei. «Per conto mio possiamo anche iniziare gli allenamenti domattina presto» proseguì con un fervore che in realtà non provava affatto.

Maria la scrutava come se davanti a sé avesse un'extraterrestre. «Mika» rispose alla fine scandendo bene le parole, «la tua proposta mi commuove moltissimo. Ma non si può fare. Tua madre non mi perdonerebbe mai...» esitò «... e io non voglio costringerti a fare una cosa che tu non vuoi. *Io* non potrei perdonarmi.»

Mika guardò la nonna, le rughe di preoccupazione sulla sua fronte, gli occhi stanchi. Incrociò le braccia sul petto e disse: «Prima di tutto, di sicuro la mamma non vorrebbe che Kaltenbach finisse all'asta, e secondo, sono abbastanza grande da sapere da sola che cosa voglio e cosa no. E in terzo luogo...» e qui trasse un gran respiro «... ci sono cose più importanti di noi tre» concluse ripetendo le parole del signor Kaan.

Maria deglutì a fatica. Gli occhi grigio-azzurri erano pieni di lacrime. E questa volta non erano lacrime di dolore e neppure di rabbia. Si alzò e zoppicando raggiunse la nipote, che saltò su impacciata e si lasciò stringere tra le braccia. «Oh, Mika! Siamo davvero fatte della stessa pasta, tu e io!»

Mika, che si sentiva sempre sopraffatta da qualsiasi espressione di emotività, rimase immobile come una statua di sale.

«Nonna!» squittì alla fine quando non riusciva più

a respirare. Maria la lasciò subito andare e si asciugò gli occhi. Lei stessa sembrava sorpresa di sé e immediatamente fece finta che non fosse successo nulla.

Mika sospirò. Tuttavia, il sollievo ebbe breve durata, perché un attimo dopo riemerse la vecchia Maria Kaltenbach: «Allora adesso mangia qualcosa e va' a dormire presto. Ti aspetto alle otto in punto, ben riposata e con il cavallo sellato!». Diede alla nipote una pacca d'incoraggiamento sulle spalle e se ne andò.

Mika sprofondò sulla seggiola e mangiò un boccone dell'involtino freddo. «Perfetto. Ha proprio il sapore di quello che provo io» mormorò masticando, poi mandò giù a fatica.

«Ehilà, Faaan-nyyy!» esclamò Mika come per rabbonire un cavallo imbizzarrito, aprendo cautamente la porta della loro camera. Sbirciò all'interno, pronta ad acquattarsi per scansare uno – o più – oggetti in volo. Invece non successe niente.

Mika spinse del tutto il battente ed entrò. La stanza era vuota. Nessuna traccia di Fanny. Si guardò attorno perplessa. Poi si accucciò di scatto per controllare sotto il letto. «Trovata!» gridò, ma al posto dell'amica, sulle vecchie assi di legno trovò solo un paio di gatti di polvere e un calzino spaiato.

Si sedette pensierosa sul materasso. Fanny era davvero così arrabbiata da essersene andata? Solo perché lei era sparita per tutto il giorno? Ma perché avrebbe lasciato il suo adoratissimo portatile?

In quel momento sentì una risatina soffocata provenire dal cortile.

Andò alla finestra. Fuori era buio pesto, c'era solo una lucciola che danzava... un attimo: per caso era una lampada frontale?

«Fanny?» gridò piano nella notte.

In quel mentre, però, invece di una risposta, Mika percepì un'altra voce, più profonda. Era Sam. Sam e Fanny?

A un tratto provò una fitta breve ma intensa di gelosia. Che cosa facevano là fuori quei due senza di lei?

Lo avrebbe scoperto. Senza esitare, si calò fuori dalla finestra.

Sam stava gonfiando la gomma floscia di una bicicletta scassata alla luce fioca della lampada di Fanny.

«Non abbiamo un mezzo di trasporto un po' più affascinante per i nostri inseguimenti, qualcosa che perlomeno tenga l'aria?» stava ridacchiando Fanny, quando Mika atterrò a pochi centimetri di distanza con un sordo *sbam*!

Fanny gridò e fece un salto verso Sam, che dal canto suo perse l'equilibrio e cadde sulla schiena vicino alla bici.

Mika sorrise soddisfatta del successo della sua entrata in scena. «E allora? Non avete dimenticato qualcuno?» chiese indicando con fare accusatore le due biciclette appoggiate al muro della scuderia.

Fanny voltò la testa e il fascio della sua luce frontale investì Mika in piena faccia. Sam tornò a occuparsi della gomma senza dire una parola e riprese a pompare, ma con tale foga che la pompa saltò via dalla valvola. «Chi ha dimenticato chi?» ribatté Fanny stizzita. «Ancora una bella cenetta da sola in compagnia di tua nonna e prendo il primo treno per tornarmene a casa, te lo giuro! E non sto parlando degli involtini di cavolo, che già da soli sarebbero un motivo sufficiente.»

L'indignazione pienamente giustificata di Fanny smontò del tutto Mika. «Mi dispiace» disse mortificata. A un tratto la sua gelosia le parve sciocca. «Davvero. È solo che avevo bisogno di stare da sola per riflettere su tutto...» si fermò per guardare Sam, che continuava a pompare anche se ormai la gomma era sul punto di scoppiare «... quello che hai detto. E hai ragione.»

A quelle parole Sam rallentò il ritmo e Mika proseguì risoluta: «Tra due settimane parteciperò al Classics per Kaltenbach. Con Windstorm. Mi allenerà la nonna e... se Kaltenbach dovrà fallire, perlomeno lo farà con una vittoria!».

Sam si fermò e si voltò a scrutarla diffidente. «Dici sul serio?»

Mika annuì.

Il ragazzo saltò su e l'abbracciò con foga. Ma perché adesso volevano abbracciarla tutti? «Lo sapevo!» le mormorò l'amico tra i capelli.

Fanny spostò il fascio di luce da Mika a Sam e da Sam a Mika. Lei, che in genere era sempre pronta per ogni forma di teatralità, sembrava non trovare di suo gradimento quella scena da Romeo e Giulietta che si stava svolgendo sotto i suoi occhi. E con la lampada faceva pure da riflettore a quei due!

«Be', però adesso basta» disse con la sua più severa voce da reporter. «Qui abbiamo un'importante missione da svolgere, d'accordo?»

Sam si staccò immediatamente da Mika. «Ehm... certo» rispose e si mise svelto ad avvitare il tappo sulla valvola della gomma.

Fanny e Mika erano una di fronte all'altra; tra di loro aleggiava ancora una lieve tensione.

«Il fatto che tu partecipi a questo concorso non significa che Parigi salti, vero?» domandò Fanny, nella cui voce si percepiva, oltre al tono minaccioso, anche qualcos'altro che Mika non riuscì a interpretare con precisione.

«Nooo! Il Classics è tra due settimane, e poi ovviamente partiremo» si affrettò a rassicurare l'amica.

«Mmm...» Fanny non sembrava del tutto convinta.

«E voi che cosa state combinando qui?» chiese rapida Mika, lieta di cambiare argomento.

La sua tattica funzionò: Fanny riattivò istantaneamente la modalità avventura. «Allora» spiegò in un sussurro eccitato, «vogliamo fare la posta al ladro. Da quel deposito» precisò indicando il fienile, al quale adesso era appoggiata una vecchia scala a pioli. «Sam ha pensato che da lassù si ha la visuale migliore. Abbiamo messo una trappola per topi nell'armadietto dei farmaci. Quando il ladro aprirà lo sportello e ci metterà la mano dentro... *bang!* scatterà. Questo dovrebbe garantirci abbastanza tempo per scendere, inforcare le bici e inseguirlo, se cercherà di scappare. E se nel frattempo Sam non lo avrà già acchiappato.»

Con un cenno del capo indicò Sam che, come in risposta a una parola d'ordine, sollevò una racchetta da tennis. «Non è il massimo come arma, ma dovrebbe bastare» aggiunse tetro il ragazzo.

Mika sorrise. «Mi pare un piano a prova di bomba.»

Fanny annuì orgogliosa. «Ovviamente sarebbe bello che ci fossi anche tu, se la trappola dovesse funzionare. In fondo l'hai già visto e potresti darci indizi preziosi.»

Adesso sorrideva anche Sam. «E se dovesse esserci un inseguimento, potrai tranquillamente salire sul mio portapacchi» le disse in tono conciliante.

«Grazie, ma nel caso, sarai tu a viaggiare sul mio portapacchi» ribatté Mika.

Scoppiarono a ridere, poi Fanny propose: «D'accordo, allora mettiamoci in postazione!».

Sam annuì, a un tratto di nuovo serio. «Sapete, non posso fare molto per la signora Kaltenbach, però posso catturare questo ladro.» Con la racchetta da tennis in spalla, s'incamminò verso il fienile. Nella notte tiepida, Mika e Fanny lo seguirono senza far rumore.

Capitolo sei

Alla luce della luna la tenuta era nera e silenziosa. Solo dal fienile sopra la scuderia proveniva un sommesso russare a due voci.

Mika era coricata accanto a Fanny e Sam, che da due ore circa dormivano come sassi a pancia in giù nella paglia.

Prima di cedere al sonno, Fanny aveva spostato qua e là la macchina fotografica del cellulare per trovare l'angolazione migliore per le sue foto in incognito, poi aveva scribacchiato un paio di frasi sul suo taccuino giallo da reporter e dopo pochi minuti dall'inizio della sua tanto strombazzata veglia notturna si era addormentata.

Adesso era stesa con la testa sul taccuino accanto a un Sam altrettanto addormentato, che stringeva ancora la sua racchetta da tennis. Mika sospirò. Anche lei avrebbe tanto voluto dormire, se non fosse stato per i mille pensieri che le affollavano la mente: la nonna, Kaltenbach in pericolo, il Classics, lo strano comportamento di Windstorm.

Di sicuro per quel giorno il ladro non sarebbe tornato, dopo che lei lo aveva già disturbato la notte prima. Nessuno poteva essere così sciocco, pensava, quando dal basso le giunse all'orecchio il sommesso ma nitido scricchiolio della porta del deposito foraggi.

Smise di respirare. Doveva svegliare Sam e Fanny... ma lui era già lì, pochi metri sotto di loro. L'ombra si aggirava silenziosa nel deposito. Questa volta non aveva una torcia con sé, ed era così buio che Mika riusciva a distinguerla solo vagamente.

Ora o mai più! Assestò un bel colpo a Sam sulla spalla, ma lui non fece altro che girarsi brontolando. «No, il leprotto no!» mormorò nel sonno. Mika avrebbe tanto voluto dargli una bella scrollata.

Sotto di loro il ladro si fermò ad ascoltare. Mika sperò che non avesse sentito, perché lì sopra erano in trappola come tre topolini nella loro tana. Trattenne il fiato.

Alla fine il ladro proseguì e andò ad aprire silenziosamente l'armadietto metallico in cui il dottor Anders conservava parte dei suoi farmaci e vi infilò dentro la mano. *Tac!*

«Ahiaaaa!»

A quel punto l'ululato di dolore svegliò anche i due detective capo. «Ehi, cos'è stato? Dove? Chi?»

Al piano di sotto il ladro urlava dal male e scrollava la mano come per staccarsela dal polso.

«Lo abbiamo preso!» gridò Mika trionfante, e scese come un lampo la scala a pioli prima ancora che gli altri due capissero che cos'era successo.

Intanto però la sagoma scura era riuscita a liberare le dita prigioniere, aveva scagliato con rabbia la trappola contro il muro e in un attimo era balzata fuori dalla porta, mentre Mika saltava di sotto.

Finalmente anche Sam e Fanny afferrarono la situazione e si fiondarono giù per la scala dietro all'amica.

Uscirono a razzo dal fienile uno dopo l'altro nel momento in cui il ladro raggiungeva il ciclomotore che aveva lasciato sull'erba.

Mika corse verso una delle bici e ci saltò su.

Fanny la seguiva a ruota. «Ti prendiamo, verme!» urlò battagliera inforcando l'altra bicicletta.

Il ladro spinse il ciclomotore giù per il vialetto cercando di avviarlo mentre correva.

Mika era già quasi al cancello quando Sam saltò sul portapacchi di Fanny facendola sbandare, mentre lui sventolava furioso la racchetta da tennis gridando: «Vai! Vai! Vai!».

Fanny dimenava furiosamente le gambe. I tre amici si

precipitarono fuori dal cancello e si diedero all'inseguimento. Poi sentirono il motore avviarsi scoppiettando.

Il ladro si issò sul sellino e immediatamente aumentò il vantaggio su di loro, quindi svoltò in un sentierino facendo stridere i freni.

Mika e Fanny presero la curva senza rallentare e Sam dovette impegnare tutte le forze per non essere sbalzato dal portapacchi. Mika scattò in avanti, con gli occhi fissi sulla lucina posteriore rossa che tremolava qualche centinaio di metri davanti a lei e si allontanava sempre di più.

«Fermati subito!» urlò rabbiosa nel buio della notte, ma l'unica risposta che ricevette furono un paio di pipistrelli che le sfiorarono la faccia in volo.

Davanti a loro il ciclomotore fece un'altra curva e quando sentirono un fragoroso schianto era già sparito alla loro vista.

Mika frenò spaventata e anche Fanny rallentò. Sam saltò giù dal portapacchi e rotolò sull'erba come un guerriero Ninja.

Fanny ne fu visibilmente impressionata, ma prima che potesse esprimere la sua ammirazione, Sam gridò: «Ha perso la marmitta! È la nostra occasione!». E subito schizzò in avanti come un cane da caccia che ha fiutato una pista.

Mika e Fanny mollarono le bici per terra e gli corsero dietro. Erano in vantaggio, perché la lampada frontale di Fanny era l'unica luce nei dintorni a illuminare la strada accidentata.

In quel momento anche Sam scomparve alla loro vista, e poco dopo Mika e Fanny sentirono un grido sorpreso... e poi silenzio.

Quando arrivarono alla curva, videro il ragazzo steso sull'erba, sconcertato.

«Lo sapevo che lo avresti preso!» ansimò Fanny sicura della vittoria, ma Sam rispose solo con un fievole lamento.

L'amica lo illuminò preoccupata. «Accidenti, ma che cosa ti ha fatto?» gli chiese inginocchiandosi accanto a lui.

«Niente. Sono inciampato!» si limitò a dire Sam, massaggiandosi il ginocchio.

Mika era dibattuta. Doveva continuare a rincorrere il ladro oppure occuparsi di Sam?

Con un gesto deciso, afferrò la racchetta e proseguì la corsa. Lo avrebbe preso, anche se avesse dovuto inseguirlo fino in Messico!

Riusciva a vedere l'ombra scura davanti a sé, ma correre veloce al buio non era così facile. Puntò gli occhi a terra facendo la massima attenzione per non inciampare. Se solo avesse preso la lampada frontale di Fanny!

A un tratto davanti a sé vide una sagoma buia, un ostacolo nel bel mezzo della strada, ma era troppo tardi, andava troppo veloce. Inciampò e cadde lunga distesa... su qualcosa di morbido?

Aprì gli occhi e si trovò a pancia in giù... su un ragazzo sconosciuto. Occhi scuri lampeggiavano furiosi verso di lei, i loro nasi si toccavano. Sentì il cuore che gli martellava sotto la felpa nera con cappuccio. O era il suo?

Per qualche secondo i due restarono immobili per lo spavento, poi Mika si rialzò a fatica. Il ladro si sedette e si scostò il cappuccio dalla fronte.

Non doveva avere più di sedici anni, aveva riccioli neri, la bocca piccola e occhi tanto scuri che non si riuscivano a distinguere le pupille.

«Lasciami andare!» le sibilò. Sembrava un animale selvatico ferito stretto all'angolo.

Istintivamente Mika arretrò. L'aveva presa alla sprovvista. Ma poi ritrovò la parola. «E allora?» ribatté furiosa. «Che cosa ti salta in mente di derubarci?»

Il ragazzo raccolse le confezioni di medicine che nella caduta gli erano scivolate dalla tasca strappata della felpa e adesso erano sparse per terra. «Devo farlo! Abbiamo un cavallo malato che morirà se non lo aiuto. Puoi anche non credermi, se vuoi, che me ne importa?» rispose sgarbato guardandosi attorno.

Mika invece gli credette subito. Avvertiva letteralmente la sua disperazione, una disperazione così grande che lo aveva spinto a tornare a Kaltenbach, anche dopo che lei lo aveva scoperto.

Ma non voleva neppure rendergli le cose troppo facili. Un ladro era pur sempre un ladro. «E se è tanto malato, perché non chiamate il veterinario?» gli chiese.

«Perché...» cominciò lui, ma poi s'interruppe frustrato. «Non puoi capire.» Si alzò e Mika lo studiò furtiva. La superava di una testa buona – una cosa non proprio facile – e con quei riccioli selvaggi assomigliava un po' al figlio di un brigante.

«Ahah. E dove sarebbe...» Nel buio dietro di lei riecheggiò una voce. Sam.

«Mika?! Mika, dove sei?»

Il ragazzo s'irrigidì come un gatto pronto alla fuga. Guardò Mika, Mika guardò lui.

«Sono qui. Va tutto bene, sono caduta anch'io» urlò Mika a Sam.

«L'hai preso?» chiese la voce preoccupata di Fanny.

Mika fissò il ragazzo. «No. È scappato. Restate dove siete, vi raggiungo subito.»

Il figlio del brigante sorrise cauto. Al buio i suoi denti bianchi sembravano quasi sinistri. «Mika» sussurrò ripetendo il suo nome. «Grazie.»

Stava per andarsene, quando Mika gli disse piano: «Ehi, in cambio però voglio vederlo, il tuo cavallo. Domani sera. Alle undici. Qui».

Il ragazzo si oscurò in volto, poi scosse il capo.

Dal buio arrivò l'imprecazione di Sam. «Se lo becco, lo riduco in polpette!»

«E io lo faccio a fettine!» Quella era Fanny.

«Allora?» Mika lo guardò con insistenza aspettando una risposta.

«D'accordo» acconsentì alla fine lui a malincuore.

«Va bene. E tu come ti chiami?»

Il ragazzo parve riflettere se rivelare o meno quell'informazione. «Milan» disse brusco, poi si voltò e sparì silenziosamente nella notte.

«Milan» ripeté piano Mika. Solo a quel punto tornò di corsa dai suoi amici.

Capitolo sette

Maria Kaltenbach guardò l'orologio per la centesima volta: mancava qualche minuto alle otto e mezzo. In passato, a quell'ora la tenuta brulicava di allievi, cavalli a pensione e appassionati. Quel giorno, come al solito, c'era soltanto Tinka che parlava insistentemente con Sam, mentre lui strigliava il vecchio castrone Shire Hugo.

Maria aspettava al maneggio da mezz'ora, ma di sua nipote non si vedeva neppure l'ombra. Era una mattinata di sole, e se quella notte non avesse dormito così bene come non le succedeva ormai da tempo, sarebbe marciata da un pezzo in camera di Mika per buttarla giù dal letto di persona. Tuttavia non voleva iniziare la sua prima lezione con un eccesso di severità, perciò decise di concedere alla nipote ancora un paio di minuti. In fondo il giorno prima le aveva fatto un grandissimo regalo: l'unica debolissima fiammella di speranza per Kaltenbach di continuare a esistere.

Mika era appena arrivata al paddock di Windstorm, dove il morello dormiva ancora, disteso tranquillamente sotto la quercia. L'erba coperta di rugiada brillava come una glassa di zucchero e i merli cinguettavano allegri sul vecchio albero.

Era un quadretto meraviglioso, quasi da cartolina sdolcinata, pensò divertita Mika, fermandosi per qualche istante al cancello a guardare. Di solito non le riusciva di cogliere Windstorm di sorpresa, lui la sentiva sempre arrivare e le correva incontro, oppure lo trovava già allo steccato pronto a salutarla. Ma del resto, lei non si era mai presentata lì così presto.

La ragazza sbadigliò di gusto e poi fece un gran sospirone. Intanto era ancora stanca morta per l'avventura della notte, poi doveva cominciare l'allenamento con la nonna, e infine non ne aveva ancora parlato con Windstorm.

Lo stallone doveva aver fiutato il suo odore, perché alzò la testa dall'erba umida e sbuffò forte in segno di saluto.

Mika scavalcò il recinto. «No, no, resta pure steso» gli sorrise, quando vide che si lasciava ricadere sul prato.

S'inginocchiò al suo fianco e lo tastò con cura. Perlomeno non c'erano ferite nuove, però avrebbe tanto voluto sapere come o dove Windstorm si era procurato quei graffi. Quando il cavallo si tirò su, Mika gli scivolò in groppa. Era il modo che preferiva, perché era di gran lunga il meno faticoso per salirgli sopra. Windstorm si rizzò sulle zampe e si diresse a passo tranquillo verso il cancello in fondo al prato.

Mika non sapeva da che parte iniziare. Alla fine si stese sul collo di Windstorm e gli sussurrò piano: «Lo so che la cosa non ti piacerà, ma...».

Lo stallone girò attentamente un orecchio e ancora una volta Mika ebbe la sensazione che comprendesse ogni sua parola.

Gli premette una guancia sul collo. «Tra due settimane ci sarà il Kaltenbach Classics, e io ho promesso alla nonna che parteciperemo» gli disse in fretta.

Windstorm si fermò di colpo e Mika proseguì esitante: «Solo per questa ultimissima volta. Lo so che puoi farlo, in fondo ce l'hai nel sangue. Quanto a me, ne sono un po' meno sicura. Ma insomma, non ho avuto scelta, non per davvero, e adesso dobbiamo farlo insieme. Faremo questa pagliacciata ancora una volta sola, perché tu possa rimanere qui, d'accordo?».

In quel momento Windstorm girò il collo e nitrì. Le sue orecchie nere ruotarono verso il bosco come il periscopio di un sottomarino.

«Ehi, ma mi hai sentito?»

Che gli prendeva? Mika si tirò su e seguì il suo sguardo, ma non c'era niente tranne alberi, alberi e ancora alberi. «Allora, cosa c'è? Ci stai?» domandò di nuovo, ma invece di rispondere lo stallone diede un paio di sgroppate e s'impennò sulle zampe posteriori con un nitrito allegro.

Mika lo conosceva bene e si tenne saldamente al suo collo con un braccio. Poi sorrise. Aveva avuto la sua risposta! Quando poco dopo entrarono dal cancello della tenuta, Windstorm rallentò. Sullo spiazzo c'era un'amazzone bardata di tutto punto che si contorceva goffamente nel tentativo di farsi un selfie con tutti i dettagli del suo abbigliamento.

Mika le si avvicinò piano soffocando una risata. «Vuoi andare sulla copertina dell'ultimo numero di *Giovani amazzoni*?» le chiese ridendo, e Fanny si voltò di scatto, sorpresa ma sorridente. Evidentemente si era divertita a provare quel travestimento e pareva davvero pronta a partire per la caccia alla volpe.

«Sempre meglio che essere costretta ad ascoltare di prima mattina l'elenco dettagliato di tutti i campioni olimpici di salto ostacoli a partire dal 1912, mandando giù panini di segatura spalmati di una roba verdognola che sembra preparata al tempo dei tempi!» Fanny era completamente fuori dai gangheri e non vide l'ombra che accanto a lei diventava sempre più lunga.

«Era pâté crème, una prelibatezza di stoccafisso e fegato di merluzzo, molto apprezzata da chi non è un completo ignorante di arte culinaria.» Maria Kaltenbach si era fermata alle sue spalle con uno sguardo impassibile. Per un attimo l'espressione sul viso di Fanny raggelò. Cavoli!

«Allora, Mika, visto che sei già qui» proseguì imperterrita Maria, «vorrei iniziare subito l'allenamento, se per te va bene.»

Fanny fece un gesto disperato che voleva dire «Va', va'», e Mika annuì solerte.

«Ma certo» disse alla nonna, quindi sussurrò all'amica «a dopo, *giovane amazzone*!» e con Windstorm seguì i passi energici di Maria Kaltenbach che attraversava lo spiazzo diretta al campo ostacoli.

Fanny si guardò intorno con un sospiro di sollievo. Sam aveva insistito a volerle dare una lezione di equitazione – la prima in assoluto per lei – anche se Fanny avrebbe preferito fare tutt'altro che starsene in groppa a un quadrupede. Ma che cosa?

In fondo quella era una tenuta ippica. «Cercare, indagare, investigare!» mormorò tra sé, e in quell'istante vide Sam che gesticolava allegro nella sua direzione, portandosi dietro un destriero enorme. Sospirando, Fanny s'incamminò verso di lui.

Mika era in mezzo al maneggio con Windstorm e

in quel campo ostacoli professionale tutti e due avevano un'aria alquanto sperduta. Lei sbadigliava della grossa e Windstorm se ne stava a capo chino con le orecchie basse, come un asino che dormicchia. In quel momento non erano esattamente il ritratto dell'ambizione equestre.

«Prima di tutto dobbiamo chiarire un paio di cose» cominciò Maria Kaltenbach con il suo solito tono severo.

Mika annuì senza smettere di sbadigliare. «Non succederà mai più. Domani saremo puntuali. Prometto solennemente.»

L'espressione di Maria rimase impassibile. «Non mi sto riferendo al tuo ritardo – anche se su questo non posso che essere d'accordo con te – ma al tuo abbigliamento. Sembri uscita direttamente da un film western.»

Tacque un istante, quindi riprese senza l'ombra di un sorriso. «E se vuoi partecipare al Classics senza farti squalificare, dovremo metterci d'accordo su certe cose.»

La faccia di Mika si oscurò. Si avvolse la criniera di Windstorm attorno alle dita e disse, a voce lievemente troppo alta: «Prima di tutto, al Classics parteciperemo *noi*, non io soltanto, e per il resto...» esitò battagliando contro la propria cocciutaggine «... se ne può parlare».

«Bene, quindi ti occorrerà una sella da salto regolamentare, finimenti e stivali. E a una professionista del salto ostacoli non guasterebbe anche un frustino.»

Le sopracciglia di Mika s'inarcarono come nubi di tempesta. «Niente frustino e tengo le mie scarpe» dichiarò risoluta.

Windstorm sbuffò come per sottolineare quell'affermazione.

«Ma...» ribatté Maria, e per un po' nonna e nipote mercanteggiarono come due venditori arabi di tappeti al bazar.

Finché alla fine Maria cedette: «D'accordo, perlomeno durante l'allenamento potrai tenere le tue scarpe. E del frustino per il momento faremo a meno, anche se è utile per dare indicazioni precise. Non si usa certo per picchiare il cavallo» ricominciò, ma subito si trattenne e alzò le mani con aria di scusa. «Va bene, va bene. Vai a sellarlo e ci rivediamo qui.»

Quando mezz'ora dopo Mika e Windstorm tornarono al trotto equipaggiati quasi alla perfezione, l'allenamento poté finalmente avere inizio. Ma fu una delusione.

Maria, ferma in mezzo al campo, urlava indicazioni a Mika, che seguiva il percorso con Windstorm. Quei due, tuttavia, formavano un quadretto davvero triste. Lo stallone aggirava gli ostacoli, rifiutava o abbatteva le barriere a strisce degli ostacoli più bassi. Era evidente che non s'impegnava minimamente, e anche guardando Mika era evidente che non sapeva cosa fare delle redini che teneva tra le mani. Continuava a sbadigliare e faticava a rimanere in sella.

«Devi riunirlo di più!» urlò Maria.

«Riunire che cosa?» mormorò Mika confusa.

«Mezza fermata! Portalo più verso l'interno!»

Mika non capiva una parola. Ogni cellula del suo corpo protestava: basta, basta, basta! E le ci volle tutto il suo impegno per non cedere.

Si richiamò all'ordine: in fondo aveva promesso! Lo faceva per Kaltenbach!

«Adesso alla riviera!» gridò Maria. «Lo so che puoi farcela!»

Mika galoppò obbediente verso la riviera cercando di eseguire quello che le diceva la nonna. Il problema, però, era che poteva anche imbrogliare se stessa, ma non riusciva a ingannare Windstorm.

Poco prima del salto lo stallone scartò, s'impennò con un nitrito frustrato e ricadde con un tonfo nell'acqua salmastra del fosso, sollevando una pioggia di spruzzi che fecero a Maria una bella doccia.

Mika guardò spaventata la nonna e istintivamente si abbassò ancora di più sul dorso di Windstorm, pronta all'inevitabile sfuriata.

Ma la sfuriata non ci fu. Maria si pulì gli occhiali come se niente fosse. «Chi vive con i cavalli è abituato a sporcarsi. Un po' di fango non è motivo per disperarsi.»

La tragedia nel maneggio invece sì. «Per oggi basta così» decise alla fine sconfitta. «Con un numero così voi due potreste esibirvi al circo in qualunque momento, ma prima di poter partecipare al vostro primo concorso serio, dovrà passarne di acqua sotto i ponti. Ma domani è un altro giorno.» Aiutandosi con il bastone, zoppicò fino al cancello senza degnare Mika di un'altra occhiata.

Mika uscì dal campo in sella a Windstorm con un gran sospiro. Quel cavalcare a comando non faceva per loro, ecco tutto. E poi adesso era davvero, davvero stanca. Attraversò lo spiazzo al trotto diretta alla selleria, scivolò giù dal dorso di Windstorm e battagliò brevemente con le fibbie ribelli del sottopancia, ma alla fine riuscì a liberare il suo cavallo da tutti quei fastidiosi finimenti. Windstorm ficcò il muso in un secchio di granaglie e cominciò a masticare rumorosamente.

Mika stava per sedersi su un secchio capovolto vicino a lui per riposarsi un po', quando all'orecchio le giunse la voce spaventata di Fanny. Girò la testa. Ma veniva... dal maneggio coperto?

Si avvicinò di soppiatto e salì su un bidone di foraggio che era appoggiato alla sponda di legno proprio per permettere di guardare all'interno del campo. Sbirciò dentro: al centro c'era Sam, che teneva Hugo alla longhina.

Il cavallo trottava pian pianino in tondo come un lentissimo orologio, mentre Fanny gli stava in groppa curva come una banana e stringeva la sella con tutte le forze.

«Non lasciarmi, non lasciarmi» ordinava a Sam, che sorrideva da un orecchio all'altro.

Il ragazzo teneva la longhina in mano simulando uno sforzo. «Oh, pericolo, pericolo, non riesco più a tenerlo... attenzione!»

Sam aprì le dita e la longhina scivolò a terra.

«Nooo!» strillò Fanny spaventatissima, quindi afferrò la criniera di Hugo con entrambi i pugni e chiuse gli occhi con l'aria di chi debba presentarsi davanti al Creatore da un momento all'altro. Ma il cavallo attempato si fermò, chinò la testa e sganciò tranquillamente una cacca.

Sam scoppiò a ridere e anche Fanny, quando infine osò riaprire gli occhi, rise con lui.

Mika rimase a osservarli per un po', felice di quella breve distrazione, ma ben presto le preoccupazioni si riaffacciarono. Il compito che aveva davanti era molto più difficile di quanto non avesse immaginato.

Scese dal bidone incerta sul da farsi, quando a un tratto sentì una mano calda sulla spalla. Si voltò di scatto: dietro di lei c'era il signor Kaan, che le rivolse uno dei suoi rarissimi sorrisi e, come se le avesse letto nella mente, le disse: «Non preoccuparti, domani è un altro giorno».

Mika restò di stucco. «Non ci avrà mica guardati?» A quel pensiero orribile sentì che le si arrossavano le gote.

Il signor Kaan rimase impassibile. «L'hai detto tu stessa: non devi fare tutto da sola. Non lasciarti irritare, neppure da tua nonna e dalle sue idee. E lascia...» proseguì indicando Windstorm «che trovi requie. È agitato. Lo siete tutti e due.»

Anche se il pensiero che il signor Kaan avesse assistito alla sua prima ora di allenamento la imbarazzava, Mika era contenta di vedere il suo maestro alla tenuta. Per molti anni, dopo che Maria lo aveva licenziato, non aveva più messo piede a Kaltenbach. Mika però aveva fatto in modo che i due si riconciliassero.

Guardò il signor Kaan: «Lo so, è irrequieto» convenne ansiosa, «e continuo a non sapere perché».

Mika non riuscì più a trattenere gli sbadigli.

«Forse dovresti riposarti anche tu; non puoi pensare di infondergli tranquillità se non sei tranquilla nemmeno tu.»

Mika annuì stancamente. Il signor Kaan aveva ragione. Forse doveva solo farsi una bella dormita.

All'ombra del grande castagno, Maria guardava pensierosa lo spiazzo acciottolato della tenuta con il viso solcato da profonde rughe di preoccupazione.

La scarsa attività era davvero deprimente, pensò osservando le due allieve isolate che in area grooming si preparavano a uscire a cavallo.

«Insolitamente tranquillo» commentò il signor Kaan venendole vicino. «Il caldo è pesante per tutti.»

Maria annuì secca. «Magari fosse il caldo.»

Il signor Kaan non rispose e per un attimo rimasero a guardare in silenzio il luogo in cui avevano lavorato insieme per così tanti anni. E forse fu il ricordo di quel tempo in cui aveva condiviso con lui tutte le preoccupazioni per la tenuta che spinse Maria ad aprirgli il suo cuore.

«Quella volta non avrei dovuto essere così severa con Michelle. Era davvero una cavallerizza di prima classe. Magari un po' troppo ambiziosa, questo sì, ma con un talento fuori dal comune. E forse non aveva tutti i torti quando ha detto che ormai Kaltenbach è solo una scuoletta di pony» aggiunse con amarezza nella voce, mentre le due allieve passavano davanti a loro chiacchierando allegramente in sella ai loro cavalli.

Il signor Kaan tacque, come faceva spesso, e Maria continuò con le sue riflessioni. «Di sicuro a quest'ora sarebbe già stata convocata in prima squadra e Kaltenbach sarebbe di nuovo sulla bocca di tutti.» Dopo un attimo proseguì. «Invece adesso la tenuta sta andando a rotoli e io ripongo tutte le mie speranze in una ragazzina cocciuta con un cavallo imprevedibile.» Le tremavano le labbra.

Il signor Kaan le prese dolcemente un braccio. «Lo sai che non è così. Finché ci sarai tu, Kaltenbach sarà sempre Kaltenbach. Se avessi tenuto Michelle, prima o poi avresti dovuto pagare il prezzo della sua malsana ambizione. Come quella volta con Hanns.» La guardò con occhio penetrante, ma Maria evitò il suo sguardo.

«Abbiamo passato anni a investire in lui, e dopo che lo hai portato ai massimi livelli, ti ha piantata in asso senza il minimo scrupolo e senza un attimo di esitazione» continuò piano il signor Kaan.

I lineamenti di Maria s'irrigidirono. «Voleva semplicemente avere le condizioni migliori per il suo sport, l'ho perdonato da tempo. Mi basta sapere che grazie a me ha fatto una carriera internazionale straordinaria» disse, e sembrò che avesse ripetuto quella giustificazione già molte volte.

Il signor Kaan non la capiva. Ma perché si rifiutava ancora di ammettere che all'epoca il suo migliore allievo aveva tradito la sua fiducia in modo imperdonabile?

Sospirò. Non sarebbe mai cambiata?

«Dai a Mika una possibilità» le disse a mo' di commiato, quindi girò sui tacchi e se ne andò senza aggiungere altro.

Maria annuì in maniera vaga, ma con la mente era già lontana. Hanns de Burgh, da quanto tempo non sentiva più quel nome!

Mika era distesa sul prato come morta e dormiva a bocca aperta come una marmotta a gennaio. A qualche metro di distanza Fanny si rinfrescava il sedere strapazzato nell'acqua verde del laghetto.

Cavalcare! Ma che idee assurde vengono a certa gente!

Però era sopravvissuta. Guardò Mika, che appena erano arrivate al lago era caduta in un sonno comatoso come quello della Bella Addormentata. Ci voleva un principe azzurro che arrivasse a svegliarla con un bacio. Oppure, in mancanza del principe, una buona amica che la schizzasse un po'.

Con un sorriso maligno, tuffò le mani in acqua e corse da Mika tenendole a coppa.

L'acqua piovve sulla pancia nuda dell'amica. Fanny rise e con un salto tornò subito nel laghetto. Si voltò, pronta all'inevitabile vendetta, ma Mika non si era neppure mossa. No, non era possibile!

Uscì pian piano dal lago e si lasciò cadere sull'erba vicino a lei. Respirava ancora?

Le s'inginocchiò accanto e cercò di sentirle il polso vicino al gomito. Niente!

«Come infermiera non vali granché» mormorò una voce insonnolita. Mika aveva aperto un occhio e la guardava.

Fanny si sdraiò sollevata. «In compenso ho molte altre qualità.»

«Che sarebbero?»

Fanny sorrise. «Sono un'amica grandiosa e straordinariamente comprensiva, flessibile e aperta praticamente a qualunque cosa. Ho uno stomaco robusto, so stare da sola e in generale ho scarsissimo bisogno di attenzioni.»

Gli angoli della bocca di Mika s'incurvarono all'insù. «Direi che sono le doti perfette per un animaletto domestico.»

Fanny non rispose.

Il fatto che l'amica non reagisse a una battuta, attirò l'attenzione di Mika. Rotolò su un fianco per osservarla meglio.

Fanny, distesa sul prato accanto a lei, contemplava il cielo.

«Ehi, guarda che ti sono davvero riconoscente di essere qui. Sul serio. Lo so benissimo che immaginavi qualcosa di molto diverso.»

Ma Fanny borbottò soltanto un «Mmm...».

«Le prossime due settimane saranno davvero dure, e non ho idea se ce la farò.»

Finalmente Fanny si voltò verso di lei. «Non sei obbligata. Be', sì, lo sei, ma non sei obbligata a farlo da sola.»

Mika sorrise. «Hai ragione. Ho te. E il signor Kaan. E Sam...» aggiunse assonnata dopo una pausa un po' più lunga.

Gli occhi le si richiusero e con la mente tornò alla notte passata. A quello strano ragazzo che non riusciva a inquadrare. «Abbiamo un cavallo malato» aveva detto. Milan. Sarebbe venuto davvero?

Con quei pensieri si appisolò e non sentì Fanny che accanto a lei iniziava titubante: «Ecco, sì, a proposito di Sam... Che cosa... allora... che cosa ne pensi di... ehm... Mika?».

Vedendo che l'amica si era riaddormentata, Fanny rinunciò. E non ne fu neppure troppo delusa. Quella conversazione poteva aspettare ancora un po'.

Alla fine anche lei chiuse gli occhi, sentì il sole sulla pelle fresca e si lasciò cullare nel sonno dal vento che soffiava piano tra le foglie dei grandi alberi.

Maria accolse Klaus nel salone verde. Una stanza spaziosa con un lampadario imponente, tanti scaffali pieni di libri e un caminetto aperto che però adesso, nel cuore dell'estate, non era in funzione. Davanti alla grande finestra c'erano due poltrone e Marianne aveva servito del tè freddo. Il banchiere brizzolato sorseggiava dal bicchiere. La conversazione tra i due era visibilmente imbarazzata.

«Sei stato gentile a venire» gli disse Maria.

Klaus sorrise appena, guardando con ostentazione l'orologio, come a dire che non aveva molto tempo da perdere.

Maria comprese il gesto: «Volevo solo comunicarti rapidamente che ho trovato un modo... insomma, che ho trovato la prospettiva per Kaltenbach di cui ti parlavo ieri».

Klaus annuì benevolo. «E sarebbe?»

«Ecco, ti ho già parlato del grandissimo talento equestre di mia nipote, giusto? No? Be', comunque in questo momento è mia ospite qui e ha deciso di partecipare al Classics per conto di Kaltenbach. In sella a...» e qui fece una pausa a effetto «... Windstorm!»

Klaus la guardò aspettando che continuasse. «E allora?»

Maria sorrise incerta.

«Questo vuol dire che abbiamo una concreta possibilità di vincere il concorso. Windstorm è una piccola celebrità nel mondo dell'equitazione, la sua bisavola, Halla, è una vera leggenda. Nel 1956 ha portato all'oro olimpico il suo cavaliere quasi svenuto, Hans Günter Winkler...» Tacque vedendo Klaus scuotere la testa compassionevole.

«Maria, non voglio ferirti, ma temo che non basterà. Anche se Kaltenbach dovesse tornare sulla bocca di tutti, anche se dovessero arrivare nuovi cavalli e nuovi clienti...» La guardò: era chiaro che quello che stava per dire lo addolorava. «... questo non è un progetto di ampio respiro. Tu non sei più giovane. Chi gestirà Kaltenbach quando tu non ci sarai più? Dov'è la prospettiva a lungo termine per i nostri soldi? E per il tuo maneggio?»

Maria sollevò la testa e lo squadrò con freddezza. «Kaltenbach è un centro di addestramento ippico, non un maneggio, questa è una differenza che evidentemente non comprendi. Ti ringrazio molto di essere venuto, ma adesso devo lavorare.» Si alzò.

«Come ho detto, Maria, non era mia intenzione ferirti. Che Windstorm partecipi al concorso è una buona notizia. Se dovesse davvero vincere, di sicuro ti permetterà di ottenere una proroga. Te lo auguro.»

«Grazie. Non c'è bisogno che ti accompagni all'uscita, vero?» E senza attendere risposta, se ne andò.

Il letto sembrava una discarica dopo un uragano: sul materasso erano sparsi torsoli di mela, croste di formaggio, briciole di pane e pezzi di carota. Mika e Fanny se ne stavano appoggiate alla testiera del letto a baldacchino come due gatti ben pasciuti su una panchina al sole. Quel giorno la nonna di Mika non aveva appetito e aveva dato il giorno libero a Marianne, permettendo alle due ragazze di saccheggiare il frigo e di fare picnic nella loro stanza.

«Sono ansiosa di vedere se questa notte riusciremo a beccarlo» stava dicendo Fanny addentando un grappolo d'uva abbandonato sul cuscino. «Sam voleva addirittura portare una cerbottana per colpirlo nel sedere con un dardo narcotizzante. *Pifff!*» Fanny fece una dimostrazione esuberante con la matita.

«Be'...» Mika si mordicchiò nervosa un labbro, poi sbadigliò in modo ostentato e con un po' troppa foga. «Uuaaa. Accidenti, sono cooosì stanca!»

Fanny la guardò storto. «Che cosa? Ma se hai dormicchiato tutto il giorno in riva al lago! Non puoi essere ancora stanca. Oppure hai la malattia del sonno e allora dobbiamo portarti subito da un medico.»

«Invece ho sonno e non ho nessuna malattia. Sono soltanto stanca da morire!» Scoccò un'occhiata di sottecchi all'amica. «Per te sarebbe un problema se soltanto per oggi faceste la guardia da soli? Cioè, per me è importante che lo facciate, ma sono semplicemente troppo...»

Fanny la interruppe. «Troppo stanca, sì, ho capito.»

Mika trattenne ansiosa il fiato, mentre Fanny guardava pensierosa dalla finestra. «Allora, se a te non dispiace, lo farei molto volentieri. Voglio dire, ho già del buon materiale per il mio articolo, una caccia al ladro con cerbottana sarebbe quasi la ciliegina sulla torta.» Questa volta fu lei a lanciare un'occhiata incerta all'amica.

«Ovvio, sicuro, per l'articolo» disse Mika senza riuscire a trattenere un sorrisino. Aveva il lieve sospetto che Fanny non trovasse più Sam così male come al loro arrivo, un paio di giorni prima.

In quel momento la loro conversazione fu interrotta dal fischio sommesso del ragazzo e Fanny corse alla finestra. «Arrivo subito» sussurrò eccitata con gli occhi che le brillavano.

Di sotto, nello spiazzo, Sam sorrise a sua volta alzando il pollice.

Fanny prese in fretta il cellulare e il taccuino, mentre Mika si rannicchiava sotto le coperte sbadigliando un'ultima volta. «In bocca al lupo e a domani!»

«Ma tu sei proprio sicura che si possa scendere da lì?» chiese Fanny occhieggiando diffidente la tettoia sotto la finestra.

«Sì, fa' solo attenzione che a volte il muschio è un po' viscido» l'avvertì Mika, ma Fanny aveva già scavalcato il davanzale. L'ultima cosa che Mika sentì fu un'imprecazione dell'amica e un tonfo sordo.

Quando due ore dopo Mika sgattaiolò silenziosa attraverso lo spiazzo, sulla tenuta splendeva un'enorme luna rossastra. Aveva annodato tra loro le scarpe da ginnastica e le portava in spalla per non fare rumore.

Fanny e Sam non dovevano assolutamente sentirla, pensò... e al buio inciampò subito contro la rastrelliera. Le tre bici che vi erano infilate caddero una sull'altra come tessere del domino. Mika si abbassò spaventata socchiudendo gli occhi. Accidenti!

Aspettò il tramestio di passi sulla scala a pioli, o

ancora peggio, il fischio di un dardo narcotizzante nell'aria, se davvero Sam lo aveva preparato. Invece non successe niente.

Riaprì gli occhi e sentì un borbottio sommesso. Scosse il capo con un sorriso incredulo. I due eroi!

Quel rumore veniva chiaramente dal fienile e non era altro che il russare sincronizzato di Sam e Fanny.

Mika rialzò cauta una delle bici e partì.

Pedalò più in fretta che poté sul sentiero accidentato. Si sentiva un po' a disagio per non avere confidato il segreto a Sam e Fanny. Ed era anche stranamente eccitata. Milan si sarebbe davvero fatto vedere o lo aveva detto soltanto per potersela filare indenne?

In ogni caso era una specie di criminale. A un tratto la notte le parve più buia di quella precedente e quando infine arrivò al bivio dove la sera prima aveva raggiunto Milan, trasse un sospiro di sollievo. Appoggiò la bici a un gruppo di betulle guardandosi attorno ansiosa. Di Milan non c'era traccia.

Stizzita, si lasciò cadere sull'erba spaventando i grilli, che scapparono in tutte le direzioni. Che stupida era stata a fidarsi così di un ragazzo che non conosceva!

Controllava di continuo l'ora sul cellulare e a ogni minuto che passava le era sempre più chiaro: Milan le aveva mentito. E lei ci era cascata!

Decapitò arrabbiata un paio di margheritine innocenti quando a un tratto dal buio spuntarono prima un fascio di luce ondeggiante e poi una testa di riccioli scuri.

Milan arrestò il ciclomotore sgangherato vicino a lei e la salutò con un sorriso incerto: «Ciao! Scusa per il ritardo, ma ho dovuto aspettare che il mio patrigno andasse a letto».

Mika si alzò. «Nessun problema» mentì. «Anch'io sono arrivata solo adesso.»

Per un attimo i due si squadrarono diffidenti e Mika avvertì uno strano brivido nella pancia.

Si affrettò a scuotersi di dosso quella sensazione insolita. Milan parve accorgersene e disse alla svelta: «Dobbiamo andare. La cosa migliore è che tu salga dietro di me» propose indicandole il sellino. «D'accordo?»

Mika esitò soltanto un momento, poi decise di fidarsi. «Va bene» annuì salendo dietro di lui. Il ciclomotore si avviò ansante e se ne andarono scoppiettando nella notte.

Ogni buca era un nuovo livido sul sedere di Mika, che si aggrappava a denti stretti al logoro sellino. Sarebbe stato più facile tenersi alla schiena di Milan, ma la cosa non era neppure in discussione.

Percorsero una stradina stretta, poi svoltarono in un'altra che infine diventò un sentiero nel bosco. Proseguirono per una ventina di minuti e Mika si rese conto sempre di più di essere in completa balia di quel ragazzo sconosciuto. Non sapeva dove si trovava né come sarebbe tornata indietro.

Alla fine Milan rallentò, lasciò il sentiero e a un tratto si trovarono sotto il cielo stellato. Mika vide confusamente una fattoria spuntare dal buio davanti a loro.

Era nascosta in mezzo al bosco come se gli alberi si fossero semplicemente scostati per farle posto. All'improvviso sentì un brivido di paura correrle lungo la schiena e un tremito invaderle il corpo. Quel luogo le era stranamente familiare, ma dove lo aveva già visto?

Arrivato davanti a un alto cancello, Milan spense il motore. Mika vide ai due lati una recinzione metallica altrettanto alta protetta dal filo spinato.

«Dobbiamo fare piano. Il mio patrigno ha il sonno leggerissimo. Non deve assolutamente scoprirci!» sussurrò Milan con fare urgente.

Mika annuì senza parlare e lui spinse il ciclomotore dietro un albero, dove lo nascose sotto un paio di rami, quindi si diresse al cancello di ferro con Mika che lo seguiva esitante. Le si erano rizzati i peli sulle braccia. Lì c'era qualcosa che non andava!

Milan aprì il cancello e i due sgusciarono dentro. Oltre all'abitazione abbandonata e un po' spettrale c'erano anche un grosso fienile e un garage sghembo accostato alla casa. L'intonaco cadeva a pezzi, i vetri erano oscurati dalla sporcizia e nel prato incolto circostante l'erba arrivava alle ginocchia. Solo una cosa stonava in quel quadro di desolazione: la grande auto di lusso parcheggiata fuori dal garage.

Milan la precedeva ma continuava a voltarsi verso di lei, che si guardava attorno angosciata. In quel luogo il silenzio era tale che lo si poteva scambiare per un cimitero.

Milan si fermò davanti alla porta del grosso fienile, poi le rivolse un'occhiata incerta. «Faccio quello che posso, d'accordo?» le disse quasi con cocciutaggine, e quelle parole suonarono come un ammonimento.

«D'accordo» rispose Mika, pur non avendo idea di che cosa volesse dire. Sentì di nuovo la disperazione del ragazzo. Entrando nel fienile non presagiva niente di buono, ma qualunque cosa si fosse aspettata, quello che trovò non lo avrebbe immaginato neppure nel peggiore degli incubi.

La prima cosa che percepì fu un tanfo acido e penetrante che si sovrapponeva al caldo e terroso odore di cavallo che lei tanto amava. A poco a poco i suoi occhi si abituarono al buio e vide che all'interno del fienile era stata allestita alla bell'e meglio una scuderia. Ai lati di un corridoio centrale erano stati eretti con poca cura dei box di legno.

In vita sua, Mika non aveva ancora messo piede in molte scuderie, ma quella, ne era certa, non lo era. Non assomigliava neanche lontanamente al grande e arioso edificio in mattoni di Kaltenbach.

Nei box angusti stavano schiacciati cavalli con criniere piene di nodi che la guardavano con occhi spenti e spaventati. La ragazza percorse lentamente il corridoietto, faticando a trattenere le lacrime. Il dolore e la paura che avvertiva erano quasi insopportabili.

Milan la precedeva a testa bassa. Sembrava vergognarsi di quello che Mika vedeva lì. Lei però notò anche che i box erano ben puliti e che tutte le greppie erano piene di fieno.

«Ma che cos'è questo posto? Chi lo gestisce?» domandò alla fine perplessa.

Milan si voltò. «Il mio patrigno. Compra cavalli sportivi malandati che un tempo erano costosi e da cui i proprietari sono felici di riuscire a ricavare ancora un po' di soldi. Un cavallo così può vivere ancora una decina d'anni, anche se per lo sport è troppo vecchio. Ma anche di più, se era soltanto ferito. Nessuno di loro chiede che cosa succede agli animali» concluse con amarezza.

Mika si guardò attorno. «E che cosa gli succede?»

Milan fece spallucce. «Se sono ancora in discreta forma, li rivende a gente che organizza corse clandestine. In quel caso vengono spremuti fino allo sfinimento. Le giumente le fa coprire per poi rivendere i puledri a caro prezzo, perché hanno una buona discendenza. Molte muoiono di parto perché sono troppo deboli e ammalate. Io...» si fermò e Mika capì che aveva difficoltà a continuare.

Milan si riscosse. «Faccio quello che posso» ripeté, «ma di solito non basta. Ecco, ci siamo.»

Erano arrivati in fondo al corridoietto, davanti a un box un po' più grande degli altri. La porta era fatta di assi di legno inchiodate allo stipite e la puzza che li investì era tremenda. Milan si scostò per lasciar passare Mika che, circospetta, si chinò a sbirciare da una delle fessure: stretto all'angolo c'era un cavallo bianco.

Una giumenta.

Stava immobile, a testa bassa, con le orecchie apaticamente all'ingiù. Mika avvertì la totale disperazione che stava sospesa su quella cavalla come una nuvola cupa. Il mantello originariamente bianco era opaco, grigio sporco e costellato di croste insanguinate che s'infittivano sulla pancia.

Milan aprì la porta senza far rumore, ma la giumenta non si mosse di un passo.

Mika si avvicinò pian piano e con cautela le carezzò il collo. Poi le mise una mano sul dorso, sentì il mantello incollato e spento sotto le dita e si ritrovò un'altra volta a trattenere le lacrime.

Strinse i denti. «Ma che cosa ti è successo?» le chiese dolcemente, ma la giumenta rimase immobile.

Milan rispose senza guardarla: «È una cavalla da corsa. Si era procurata una brutta ferita a una zampa. L'avevo già rimessa perfettamente in sesto quando due settimane fa l'ho fatta uscire per poco per lasciarla pascolare e mi è scappata. È stata via per tutta la notte, e quando infine il mio patrigno l'ha ritrovata...» singhiozzò, poi riprese: «... lo vedi da te. Ha preso 33 a frustate».

«33?» Mika non capiva.

«Ai cavalli assegna soltanto un numero» le spiegò Milan a voce bassa. «Non rimangono mai qui a lungo... ed è inutile imparare i loro nomi. Così dice lui.»

Mika sentì un brivido gelido correrle lungo la schiena. Era così che s'immaginava l'inferno. Si chinò sulla giumenta per esaminare meglio le sue ferite. La cavalla era ancora immobile con le mosche che le ronzavano attorno agli occhi.

Mika tirò fuori di tasca un pezzetto di carota e glielo porse, ma non ci fu nessuna reazione. Nessuno sbuffo. Nessuno sguardo. Niente.

Ma nemmeno se lo era aspettata. Capiva. Quella cavalla si era completamente arresa.

«E i farmaci che rubavi erano per lei?» chiese con dolcezza.

Milan annuì imbarazzato. «Sì. Però non ho idea di cosa mi serva. Finora sembra sia stato tutto inutile.»

«Ma che cos'ha... ehi!» Mika, che stava tastando delicatamente la cavalla, emise un grido soffocato e ritrasse la mano.

Milan la guardò allarmato. «*Piano*, per favore, altrimenti si sveglia.»

Le dita di Mika avevano toccato qualcosa di umido e appiccicoso. Si piegò e vide una cosa orribile: una ferita aperta e infiammata, grossa quanto un piatto, nella parte inferiore della pancia. Sulla carne purulenta strisciavano larve bianche.

Dovette trattenere un conato. Si voltò verso Milan. «Deve vederla subito un veterinario!»

Milan scosse il capo con espressione impietrita. «Scordatelo. Piuttosto preferirebbe ammazzarla.»

Mika carezzò affettuosamente l'apatica giumenta sulla fronte. Si chinò su di lei e le sussurrò: «Farò in modo che qualcuno ti aiuti, d'accordo?».

La cavalla non si mosse, ma Mika sentì che aveva avvertito il contatto. Le tenne una mano sotto le froge e la sentì inspirare il suo odore. Un orecchio fremette.

A un tratto però un fascio di luce illuminò la finestra del fienile e una voce aspra urlò all'esterno: «Milan!».

Sul viso affilato del ragazzo si accese un lampo di paura. «Devi sparire, presto! E non devi dire a nessuno che sei stata qui. A nessuno. Giuramelo!»

«Va bene, te lo giuro, ma...» Prima ancora che Mika avesse il tempo di capire quello che era successo, Milan la spinse fuori dal box. La tirò bruscamente per un braccio fino a una porta sul fondo del fienile.

«Ehi, aspetta!» gli disse Mika, mentre lui la spingeva fuori.

«Segui la recinzione fino al cancello, l'ho lasciato

aperto!» fu tutto quello che lui riuscì ancora a sussurrarle, quindi richiuse la porta e Mika si ritrovò sola. Nel cuore della notte, e soltanto il cielo sapeva dove.

Tenendosi acquattata, corse come un leprotto lungo la rete metallica finché trovò il cancello e poté uscire. Dopodiché rimase immobile a guardarsi intorno senza sapere cosa fare.

La luna era scomparsa e si era alzato il vento. In distanza si sentiva un tuono. Per un attimo un fulmine ancora lontano squarciò l'oscurità.

Alla sua luce Mika distinse una vecchia cassetta delle lettere arrugginita fissata a un palo di legno proprio vicino a lei. Il lampo successivo illuminò una scritta trasandata con lettere di metallo consumate dal tempo: KARL J. UNGAR – ALLEVAMENTO DI CAVALLI SPORTIVI.

Mika si portò una mano davanti alla bocca per non gridare. Partì a testa bassa più in fretta che poté. Via, via, doveva andare via da lì. Rallentò solo quando arrivò al riparo degli alberi. Ansimava talmente che dovette appoggiarsi a un tronco per non cadere.

Cercò di riprendere fiato, tenendosi una mano sul fianco dove sentiva una fitta lancinante. Ungar!

E così era quello il posto. Quello era l'uomo che chiamavano tutti con il nomignolo di "ungherese". Quello di cui tutti coloro che avevano a che fare con i cavalli sembravano avere paura. Non senza ragione, come Mika comprendeva ora.

Le venne quasi una vertigine al pensiero che Windstorm aveva rischiato di finire lì e che adesso avrebbe potuto essere uno di quei cavalli disperati in quella stalla orrenda. In fondo l'estate prima la nonna lo aveva già venduto all'ungherese, ma Windstorm era scappato dal rimorchio per tornare da Mika.

Lei aveva sempre dato per scontato che l'ungherese fosse semplicemente un uomo che macellava cavalli, ma ora capiva che era qualcosa di molto peggio. E subito la fulminò un altro pensiero: Karl Ungar era anche il patrigno di Milan.

Si sedette su un tronco d'albero cercando di calmare il battito del cuore che correva all'impazzata. Improvvisamente il bosco immerso nella notte le appariva molto più inquietante anche soltanto di mezz'ora prima. Dagli alberi provenivano rumori sconosciuti e l'umidità dell'erba le strisciava sotto le gambe dei jeans. Ma il peggio era che non aveva idea di come ritrovare la strada per Kaltenbach.

Si guardò attorno angosciata. Come aveva potuto essere così stupida? E adesso le si era anche scaricato il cellulare!

Il panico le serrò le dita gelide sul collo, i pensieri le si annebbiarono... "Non sarebbe mai più riuscita a trovare la strada di casa! Non avrebbe mai più rivisto la sua famiglia, Fanny e Sam. E Windstorm..."

Si prese la testa tra le mani singhiozzando disperata. Il bosco le rimandava l'eco dei suoi singhiozzi. Oppure che cos'era quel rumore?

Prima sentì solo una lieve vibrazione nel terreno. Incredula alzò la testa, ma adesso lo sentiva con chiarezza, un tambureggiare ritmico, rami spezzati e poi un nitrito amico che la chiamava.

Mika saltò su e in quel momento la vide: un'ombra scura che veniva verso di lei in mezzo agli alberi. Windstorm!

Sollevata, Mika gli corse incontro e lo stallone l'accolse felice. Doveva aver saltato lo steccato per venirla a cercare. E l'aveva trovata!

Travolta dalla felicità, Mika affondò il viso umido di lacrime nel suo mantello caldo e subito si sentì confortata. «Come facevi a saperlo? Come sei arrivato fin qui?» continuava a ripetergli.

Windstorm sbuffò piano aspettando paziente che Mika si calmasse. Quindi la ragazza salì sul tronco su cui era stata seduta fino a poco prima e da lì si issò in groppa. «Portaci a casa, va bene?» gli sussurrò esausta.

Windstorm esitò soltanto un momento, poi si voltò e con cura portò Mika attraverso il bosco buio fino a Kaltenbach.

Capitolo otto

La mattina dopo il cielo era grigio e la pioggia tambureggiava contro le grandi finestre del salone della villa. Maria Kaltenbach sedeva al lungo tavolo da pranzo nascosta dietro il giornale.

All'altro capo Mika, immersa nei suoi pensieri, cercava di ammorbidire nel latte un cornetto duro come un sasso e intanto osservava il brutto tempo. Sentiva ancora nelle ossa la notte passata. Non era quasi riuscita a chiudere occhio: ogni volta che cercava di farlo, rivedeva le immagini sconfortanti della stalla dell'ungherese. Aveva pensato a Milan e alla sua lotta disperata per 33 e...

«Buongiorno» squillò in quel momento una voce, e Fanny si lasciò cadere accanto a Mika.

«Buongiorno» arrivò un mormorio da dietro il giornale. Mika scoccò a Fanny un'occhiata interrogativa.

«E allora?» articolò silenziosamente con la bocca. Fanny sussurrò di rimando: «Credo che non si sia fatto vivo, ma è possibile che ci siamo appisolati un attimo».

Vedendo l'amica sbadigliare e intanto occhieggiare diffidente il cestino del pane, Mika sorrise dentro di sé. «Sembra perfettamente innocua, finché non la metti tra i denti» sibilò Fanny prendendo una cosa che con molta fantasia poteva sembrare una ciambella. «E tu? Incubi?»

Mika scosse il capo. «No.»

Si sentiva a disagio a non raccontare a Fanny della notte passata, ma lo aveva promesso a Milan e lei manteneva le sue promesse, anche quando era difficile.

Fanny addentò coraggiosamente la ciambella, che scricchiolò così forte che le due amiche non poterono fare a meno di ridere. «Ahia!»

Si tenne la guancia. «Per fortuna non ho più i denti da latte.» Ma la risatina si spense quando a un tratto di fronte a loro il giornale si abbassò facendole ammutolire.

«Ragazze» esordì Maria Kaltenbach ripiegando decisa il quotidiano. «Visto il tempo inclemente di oggi, propongo di sospendere l'allenamento e di concederci invece una bella gita. Una specie di escursione, per così dire.» Le guardò in attesa di una risposta.

Le amiche la guardarono aspettando chiarimenti.

Dopo un po' Fanny osò chiedere: «Ehm... e dove andiamo?».

Maria sbatté gli occhi irritata. «Ah, giusto. Ovvio. Al CHIO.»

Fanny e Mika si scambiarono un'occhiata confusa. «E chi sarebbe questo Chio?»

«Significa Concours Hippique International Officiel» spiegò Maria Kaltenbach con un sorriso benevolo. «E allora? Che ne dite?»

In realtà dal chiarimento le ragazze non avevano capito molto di più.

«Ecco, sembra davvero interessante, ma volevo...» balbettò Fanny «... cioè, *devo* assolutamente cominciare le mie ricerche per l'articolo del concorso. Deve essere pronto per la settimana prossima e non ho nessuna buona... Ahia! Ehi!»

Sotto il tavolo Mika le aveva appioppato un calcione negli stinchi, ma era troppo tardi.

«Spiacevole ma comprensibile» concluse Maria, che subito si voltò entusiasta verso la nipote. «Allora andremo soltanto noi due! E tu avrai l'occasione di conoscere di persona la crème de la crème dell'equitazione!»

«Ecco, veramente...» tergiversò Mika cercando freneticamente una scusa. Ma con la mente la nonna era già in viaggio.

«Ottimo, allora adesso finite pure tranquille la colazione e ci rivediamo alla macchina tra cinque minuti.» E con questo si alzò, posò il giornale vicino al piatto e uscì dalla stanza.

Fanny rivolse a Mika uno sguardo di scusa. «Mi dispiace, ma con tutta la buona volontà... e comunque la cosa dell'articolo è vera!» concluse mortificata.

«Sì, sì, d'accordo. Non sono stata abbastanza svelta, tutto qui» sospirò Mika che stava per alzarsi quando le cadde l'occhio sul giornale che la nonna aveva letto con tanto interesse. *«Il campione di salto ostacoli alla sua esibizione di addio: Hanns de Burgh per l'ultima volta al* CHIO *di Aquisgrana.»*

Poco dopo Fanny sedeva in camera di Mika davanti a uno schermo bianco e guardava fuori dalla finestra in cerca d'ispirazione. Come doveva iniziare il suo articolo? E di che cosa doveva parlare?

Provò a digitare: «Due settimane di cacca». Mmm... no, non sembrava particolarmente allettante. Con un sospiro cancellò il titolo. Poi riprese a guardare pensierosa fuori dalla finestra. Di sicuro sarebbe successo qualcosa. Invece vide solo Mika uscire dalla casa, guardarsi attorno e poi dirigersi a passo deciso verso Tinka, che stava uscendo dalla selleria.

Mika si affrettò a raggiungere la bambina, che issava sulla bicicletta il suo bauletto delle spazzole e stava per inforcare il sellino.

«Tinka! Aspetta!»

Tinka si fermò. «Sì?»

Mika esitò. Non sapeva bene come cominciare.

«Ecco... tuo padre è veterinario e tu sai un mucchio di cose sui cavalli. E io... cioè... avrei bisogno di un consiglio, ma solo teorico. Il fatto è che ho un... cugino, che ha un'amica la cui zia ha un cavallo malato.»

«Che cos'ha?» Negli occhi di Tinka si era acceso un lampo di interesse. A quanto pareva non aveva la minima difficoltà a tener dietro a quei complicati rapporti di parentela.

«Ha una grossa ferita sulla pancia.»

«Quanto grossa? In teoria?» chiese Tinka. Mika le mostrò con le mani una superficie grande più o meno come un pallone da calcio. «In teoria più o meno così.»

Tinka annuì pensierosa. «Si è infettata? Cioè, ha suppurato oppure – teoricamente – dentro ci sono già uova di mosca? O addirittura piccole larve?»

Mika assentì angosciata. «Allora, che cosa può fare mio cugino?»

Il viso di Tinka si oscurò. «Può dire alla sua amica di dire alla zia che il cavallo deve essere visto al più presto da un veterinario.»

«E se teoricamente la cosa fosse impossibile? Di che genere di farmaci avrebbe bisogno... ehm... la zia?»

Tinka scrutò a lungo l'amica, poi girò sui tacchi. «È difficile da spiegare. Vieni, ti faccio vedere.»

Nel deposito foraggi andò dritta al grande armadio di metallo. Sam aveva applicato un nuovo lucchetto, più grosso, e Tinka si accinse ad aprirlo. «2-6-0-4» pronunciò la combinazione a voce volutamente alta.

Stava per aprire lo sportello quando Mika le bloccò la mano. «Ehm, un attimo...» disse scuotendo l'armadietto con cautela. Dentro si sentì lo schiocco maligno di due trappole per topi che scattavano contemporaneamente.

Tinka guardò Mika confusa. «Topi nell'armadietto dei farmaci?»

Mika annuì grave. «Ratti. Probabilmente in cerca di droghe.»

La bambina si strinse nelle spalle, aprì lo sportello e con mossa esperta tirò fuori una scatola dietro l'altra.

«Innanzitutto Ivermectin contro le infestazioni parassitarie.» A seguire sparò le altre istruzioni una dopo l'altra come una raffica di mitragliatrice: «Questa per disinfettare la ferita, con cura e una volta ogni ora. Poi ci vuole assolutamente un vermifugo, va bene questa pasta. E vitamine! Questa è una cura ricostituente per il sistema immunitario, bisogna fare un'iniezione al giorno per una settimana. Va da sé che ci vogliono anche degli antibiotici, ma quelli può prescriverli solo un veterinario».

Tinka fece una breve pausa per riprendere fiato e Mika si sentì quasi girare la testa, mentre cercava di memorizzare confezioni e dosaggi.

«Naturalmente tutto questo soltanto in linea teorica, perché in realtà il cavallo deve essere visto da un veterinario!» insistette Tinka.

In quel momento il fuoristrada della tenuta si fermò davanti alla scuderia e il clacson suonò impaziente. Mika scoccò un'ultima occhiata ai farmaci nella mano di Tinka. «Naturalmente! Grazie! Lo dirò a mia cugina!» disse in fretta e poi scappò via.

Tinka rimase a guardarla.

«In realtà doveva essere un cugino, ma anche lui è soltanto teorico.»

La *Nona sinfonia* di Beethoven rimbombava con tale violenza dall'autoradio che Mika non riusciva quasi a sentire i propri pensieri. Accanto a lei, sua nonna seguiva ondeggiando il ritmo della musica, felice alla prospettiva del grande concorso che l'aspettava. Frustrata, Mika guardava fuori dal finestrino i nuvoloni grigi che inondavano di pioggia i prati verdi.

Uff, ma proprio quel giorno dovevano andare a quel noiosissimo concorso? Perché sua nonna non voleva capire che a Mika non interessava cavalcare in quel modo?

Purtroppo, però, quella di capire le persone diverse da lei non rientrava tra le qualità principali di sua nonna.

Mika sospirò. Chissà che cosa stava facendo Milan in quel momento? La sera prima aveva avuto guai? Sarebbe riuscita a ritrovare da sola la strada per la fattoria dell'ungherese?

Perché anche se quello era l'ultimo posto in cui Mika sarebbe voluta andare, lo aveva promesso a 33, e sarebbe tornata.

«Sarà un'esperienza unica!» commentò la nonna quando Beethoven concesse loro una breve pausa per rifiatare.

«Mmm...» annuì Mika in modo vago. Poi le venne in mente una cosa. «Nonna, chi sarebbe esattamente questo ungherese?»

Al sentire quel nome, Maria la guardò sorpresa e senza volerlo rallentò. Dietro di loro qualcuno suonò il clacson e lei si affrettò a premere nuovamente il pedale dell'acceleratore con un'espressione dura negli occhi. «L'ungherese è un capitolo triste dello sport equestre, anche se purtroppo non sempre lo si può evitare» disse seria, e parve voler chiudere così la questione.

Mika però insistette: «Ma non è per davvero un ungherese, giusto?».

Maria scosse bruscamente il capo. «No, quello è solo il suo soprannome, un soprannome molto infelice. Gli ungheresi amano i cavalli» spiegò secca, «invece il signor Ungar...»

Non concluse la frase, ma Mika non desistette. «E che cosa fa dei cavalli che gli vendono? Che cosa sarebbe successo a Windstorm?»

La voce di Mika era aspra. L'idea di Windstorm nella stalla dell'ungherese le era insopportabile.

Ma per Maria l'argomento era chiuso. «Meno ne sai di quell'uomo, meglio è» concluse decisa. E con ciò ruotò la manopola del volume della radio, finché le parole dell'*Inno alla gioia* resero impossibile ogni ulteriore domanda.

Quando Maria Kaltenbach diresse la sua macchina nel grande parcheggio, la "Festa internazionale dello sport equestre", come annunciava l'immenso striscione steso sopra l'ingresso, era già in pieno svolgimento.

Vedendo la folla che si aggirava lì intorno, Mika gemette dentro di sé. «Vi diamo un caloroso benvenuto al Gran Premio di Aquisgrana, cari amici dei cavalli, e vi invitiamo a prendere posto. Siete pregati di non utilizzare il flash del vostro apparecchio fotografico!» rombava la voce all'altoparlante.

Mika faceva quasi fatica a tenere dietro al passo della nonna, che nonostante l'anca fuori uso serpeggiava tra la calca con una velocità sorprendente.

Per fortuna non andò a ingrossare la fila interminabile davanti all'ingresso principale, ma si diresse con decisione verso un cancello laterale contrassegnato da un discreto "Ingresso Ospiti" e sorvegliato da una donna in uniforme.

Evidentemente non era la prima volta che la nonna

andava lì, pensò Mika vedendola scambiare un paio di parole con l'addetta alla sicurezza, che subito dopo si scostò sorridendo per lasciarle passare.

E a quel punto si trovarono nell'arena. Dopo una camminata interminabile lungo una serie di gradinate numerate, arrivarono finalmente a quella che portava alla loro tribuna.

Quando ebbe salito gli ultimi scalini, Mika trasse un sospiro di sollievo. Abbassò lo sguardo e quello che vide la lasciò senza fiato: l'enorme stadio era occupato fino all'ultimissimo posto. Tutti gli occhi erano puntati al centro, dove era stato allestito un percorso di salto. Mika non aveva mai visto niente di simile.

Ogni ostacolo era una piccola opera d'arte. In quel momento un leardo pomellato stava lasciando il campo e la sua amazzone lo carezzava orgogliosa sul collo tra gli applausi del pubblico.

Nell'aria aleggiava una tensione elettrica. Nel vedere la faccia stupefatta della nipote, Maria sorrise raggiante. Superò disinvolta le file occupate della tribuna d'onore, da cui si aveva la visuale migliore sull'arena. Ogni tanto salutava qualcuno ed evidentemente erano altrettante le persone che la conoscevano.

«Maria Kaltenbach!» esclamò un signore anziano piuttosto elegante quando gli passarono davanti. «Che onore averla qui nella mia umile dimora!»

Maria sorrise compunta stringendogli calorosamente la mano. L'uomo non le arrivava neppure alla spalla. «Grazie, Joseph. È un piacere anche per me. Tra l'altro è...» Ma non poté continuare, perché in quel momento all'altoparlante veniva già annunciato il concorrente successivo.

Maria si accomiatò con un garbato cenno del capo e spinse Mika verso i loro posti, da dove seguirono l'andamento della gara.

Alla fine fu allestito il percorso del barrage che avrebbe determinato il vincitore. Quando l'annunciatore presentò i singoli concorrenti, nell'atmosfera vibrava un misto di tensione e trepida attesa. «E adesso, signore e signori, è il turno del cavaliere che oggi tutti noi aspettiamo. Ha vinto questo concorso cinque volte e oggi festeggia l'addio all'attività agonistica. Ancora senza penalità in tutti i giorni della competizione, ecco a voi Hanns de Burgh in sella a Rock n' Roll!»

Scattò un applauso frenetico e il pubblico in tribuna si alzò come un sol uomo. Mika vide entrare nell'arena un cavaliere alto su un castrone sauro dal mantello lucidissimo. Senza volerlo trattenne il fiato, tanto quello spettacolo la impressionava.

Hanns de Burgh si tolse il cap davanti agli spettatori che continuavano a battere fragorosamente le mani. La sua faccia appariva in primissimo piano su un grosso schermo: non sorrideva, era completamente concentrato sul suo cavallo e sul compito che lo attendeva.

Guardandola di sbieco, Mika notò la nonna sfregarsi gli occhi come per mandare via un granellino di polvere. Mika però aveva visto le lacrime.

Suonò la campanella e Hanns de Burgh partì elegantemente al galoppo. Mika doveva ricordarsi di continuo di respirare, tanto era affascinata dalla vista di quel cavallo maestoso che sembrava volare oltre gli ostacoli senza fatica, in perfetta armonia con il suo cavaliere. Era come se si muovessero seguendo un ritmo che potevano avvertire soltanto loro. A quel pensiero Mika non poté fare a meno di sorridere: era una sensazione che conosceva fin troppo bene.

La cavalcata di Hanns de Burgh appariva perfettamente controllata e allo stesso tempo perfettamente naturale. Non appena cavallo e cavaliere ebbero superato l'ultimo ostacolo, scoppiò un fragoroso applauso. Sembrava che tutti gli spettatori fossero d'accordo di essere stati testimoni di un'esperienza unica.

Solo Mika era così presa a guardarlo da non rendersi conto che era già arrivato al traguardo. Il sauro fece al galoppo il giro d'onore e finalmente – lo vide sul grosso schermo – anche Hanns de Burgh sorrise.

«Che prestazione, signore e signori!» rimbombò oltre gli applausi la voce all'altoparlante. «55,61 secondi, senza penalità, attualmente il miglior tempo in questo barrage e quindi un addio più che onorevole per il nostro Olandese Volante... a meno che questa prestazione mozzafiato non lo spinga a ritornare sulla sua decisione» sproloquiava l'annunciatore sopra le loro teste.

Hanns de Burgh salutò il pubblico un'ultima volta e per un attimo Mika pensò che la stesse fissando dritto negli occhi. Per la nonna dovette essere lo stesso, perché alzò la mano.

«L'hai visto anche tu?» le chiese Mika perplessa. «Avrei potuto giurare che stesse salutando proprio noi.»

Maria si voltò e le sorrise. «Ed era proprio così.»

Mika la guardò incredula. «Tu... lo conosci?»

Maria annuì seria. «Certo. E adesso, mia cara nipote, vieni che te lo presento.»

Mentre s'incamminavano verso il campo di riscaldamento, Maria raccontò a Mika la storia del suo allievo più famoso, spuntato improvvisamente a Kaltenbach trentacinque anni prima. Allora aveva solo tredici anni e i suoi genitori si erano appena trasferiti in Germania dall'Olanda. Vivevano nelle vicinanze della tenuta e dato che non avevano molto tempo da dedicare al figlio, Hanns gironzolava spesso nei dintorni.

A Maria faceva pena, perciò si era presa cura di quel ragazzino taciturno. Ogni volta che aveva un'ora libera gli dava lezioni di equitazione; all'inizio solo per divertimento, ma ben presto aveva scoperto in lui un talento fuori dal comune. Ed era anche incredibilmente ambizioso, perciò già dopo quattro anni partecipava ai concorsi per Kaltenbach e vinceva a mani basse.

«Hanns ha un enorme talento per i cavalli, soprattutto per il salto» continuò Maria commossa. «Cavalcare è un talento che si possiede oppure no, lo sai bene. Si può imparare fino a un certo punto, come anche a dipingere o a cantare, ma superato questo punto si entra nella categoria *straordinario*. Finora nella mia vita mi è capitato due volte soltanto.»

Mika si morse il labbro imbarazzata. «Mi dispiace per la storia con Michelle. Non sarebbe mai successo se io non...»

Maria si fermò e mise una mano sulla spalla della nipote, poi la guardò seria. «Non sto parlando di Michelle. Sto parlando di te.»

Mika deglutì a fatica. Per i primi tredici anni della sua vita il suo unico talento era stato quello di non avere nessun talento. Sua madre e suo padre erano fisici di successo, ma Mika aveva già grosse difficoltà con le tabelline. A scuola raggiungeva a stento la sufficienza e si era sempre chiesta ansiosamente come ci si sentisse a saper fare bene qualcosa. Ad avere un talento.

Adesso che vedeva quell'espressione carica di aspettativa sul viso della nonna, però, non le sembrava più una cosa tanto meravigliosa. Le sembrava un peso, qualcosa di opprimente.

Non sapeva cosa rispondere, ma per fortuna non fu costretta a farlo, perché in quel momento i due uomini della sicurezza che sorvegliavano l'accesso al campo di riscaldamento vennero sparati verso di loro, come due mastini pronti all'attacco tenuti a una catena troppo corta. Non parevano per nulla intenzionati a lasciar passare tranquillamente Maria e Mika.

«Piano, piano, nonnina! Qui è vietato l'accesso ai non addetti. Ci vuole un permesso speciale» aggiunse uno dei due sorridendole ironico.

«Ma come si permette!» Mika stava per tirare via la nonna, quando a un tratto dietro la barriera fece capolino l'uomo della tribuna. «Maria? Che succede qui?»

Sebbene non gli arrivasse più su dell'ombelico, rimbrottò i due gorilla senza il minimo timore: «Ma non sapete chi è questa signora? Questa è Maria Kaltenbach, una delle amazzoni più dotate che questo paese abbia mai avuto. Che non soltanto ha vinto questo concorso due volte, precisamente...» esitò.

«Nel 1968 e nel 1970» venne in suo soccorso Maria.

«Appunto, nel 1968 e nel 1970, ma che nel 1972 ha anche vinto la medaglia d'oro alle Olimpiadi nella gara individuale e in quella a squadre! Avanti, per amor di Dio, lasciatela passare subito!»

Dopo quella lezioncina di storia dell'equitazione, i

due uomini si fecero rispettosamente da parte per lasciar passare Mika e sua nonna.

«Grazie, Joseph!» disse Maria in tono affettuoso, e Joseph la guardò raggiante come un ragazzino innamorato, facendole un ossequioso e troppo lungo baciamano.

Mika soffocò una risatina.

«Ah, e tra parentesi questa è mia nipote» disse in fretta Maria spingendo Mika davanti a sé come uno scudo.

Mika fece una riverenza sorridendo all'uomo. «Piacere.»

Le guance rosse di Joseph brillarono. «Piacere mio, piacere mio! Tua nonna è ancora bella come quarant'anni fa! Non è invecchiata neppure di un giorno» aggiunse guardando languido Maria, che sorrise incerta e arrossì addirittura lievemente.

«Allora, nonna, *vuoi* venire?» piagnucolò petulante a quel punto Mika, quasi certa che la nonna, in genere tanto tosta, non sapesse come uscire da quella situazione.

E in effetti Maria sospirò di sollievo. «Arrivo subito. A dopo, Joseph. Sai come sono i ragazzi...» Si affrettò a prendere Mika per un braccio e la trascinò via.

Joseph rimase a osservarle con occhio innamorato. «A dopo?» sussurrò speranzoso, ma Maria e Mika erano già scomparse tra la folla.

«Grazie» disse Maria sorridendo alla nipote quando furono a distanza di sicurezza. «È simpatico, peccato che sia anche un po' troppo...»

«Troppo, troppo *basso*?» completò per lei la frase Mika con una strizzatina d'occhi, e tutte e due scoppiarono a ridere. Per la prima volta era davvero un piacere stare con la nonna. Erano una bella squadra.

Mika seguì Maria tra la calca guardandosi attorno ammirata. Ovunque c'erano cavalieri che dal campo si avviavano all'arena oppure ne erano appena usciti. Erano tutti impeccabili, con i pantaloni bianchi, le giacche eleganti e gli stivali di cuoio scintillanti.

E anche i cavalli erano strigliati alla perfezione, i finimenti tirati a lucido, le criniere intrecciate con cura e le orecchie strette in retine in tinta.

I cavalieri, inoltre, erano attorniati da una gran quantità di giornalisti, allenatori, groom e perfino da qualche fan. Il gruppo più folto era quello che circondava Hanns de Burgh e il suo sauro, e Maria puntò dritta su di loro.

Visto da vicino l'olandese faceva ancora più impressione. Seduto in sella a quel grosso cavallo, guardava la gente dall'alto emanando un che d'inavvicinabile. I capelli quasi completamente argentei gli arrivavano alle spalle, ma il viso era giovanile e gli occhi blu ghiaccio lampeggiavano come ciottoli in un torrente di montagna.

Maria distava ancora qualche metro, quando Hanns girò la testa e la vide.

«Che piacere!» esclamò con voce sorprendentemente dolce. I suoi ammiratori si voltarono verso Maria e Mika e aprirono un varco per lasciarlo passare.

All'improvviso Mika si sentì eccitata.

Maria rivolse al suo ex allievo un sorriso raggiante. «Hanns» lo salutò con gioia sincera. «Bella gara. Come al solito hai avuto problemi con la redine interna solo alla riviera.»

Anche Hanns sorrideva, ma impercettibilmente meno di prima. Smontò di sella, porse le briglie a un groom subito accorso e abbracciò la sua vecchia istruttrice.

«Può darsi, ma vincerò comunque, ed è questo che conta, giusto?» rispose poi.

«Naturalmente.» Maria annuì benevola, poi mise una mano sulla spalla di Mika. «Posso presentarti Mika? È mia nipote» disse orgogliosa. «Ha preso da me.»

Gli occhi così fuori dal comune di Hanns si appuntarono adesso su Mika, che si sentì come passata ai raggi X.

«La figlia di Elisabeth? Che sorpresa inaspettata!» esclamò con una salda stretta di mano.

«Le sorprese sono sempre inaspettate, altrimenti non sarebbero... ecco... sorprendenti?» balbettò Mika, che subito avrebbe voluto scomparire. Ma che stava dicendo? Doveva pensare che fosse completamente idiota!

Hanns de Burgh la guardò divertito. «Se hai solo la metà del talento di tua nonna, dovrò imparare a guardarmi le spalle» le disse.

«Credevo che volesse smettere» non si trattenne Mika, senza evitare il suo sguardo.

Hanns sospirò. «Sì, infatti. Voglio smettere finché sono sulla cresta dell'onda, come si suol dire.» Tornò a voltarsi verso Maria. «Però sta' tranquilla, non vado in pensione. D'ora in poi i cavalli li addestrerò.»

Mika guardò di sottecchi l'alto e snello cavaliere. In qualche modo, anche se incarnava tutto quello che lei non sopportava, la impressionava.

Maria rispose con un'indifferenza esagerata: «E visto che stiamo parlando di addestramento, la settimana prossima Mika parteciperà al Kaltenbach Classics, perciò magari se sei ancora in zona e dovessi annoiarti a non far niente... È un vero talento».

Gli sorrise in attesa di una risposta e Hanns annuì cortesemente. «E ha anche un cavallo di talento?»

Per un brevissimo istante il sorriso di Maria si spense.

«Sì» ribatté Mika con voce salda prima che potesse farlo la nonna. «Windstorm. E tra noi due, quello che ha talento è *lui*. Siamo una squadra.»

«Windstorm?» Lo sguardo di Hanns centrò di nuovo

Mika come un faro da 1000 watt. «Ma non è lo stallone che Friedrich ha venduto qualche tempo fa? Della discendenza di Halla?»

Questa volta la nonna la precedette: «Proprio lui» si affrettò a replicare. «E se venissi ci farebbe molto piacere.»

Hanns sorrise con una strana espressione negli occhi. «Windstorm. Un nome interessante. Vedrò che cosa si può fare.»

Non disse altro, perché uno dei giornalisti s'insinuò insistente tra di loro. «Signor de Burgh, i lettori di "Cane e cavallo" hanno qualche domanda importante per lei!»

Hanns lo ignorò e diede la mano prima a Maria e poi a Mika. «Volete scusarmi? È stato davvero bello vedervi.» E ciò detto, si girò e rivolse all'invadente reporter la stessa completa attenzione che aveva riservato anche a Maria e Mika.

«Bene, questa è andata» commentò soddisfatta Maria quando si fu allontanato. A un tratto sembrava di ottimo umore. «Hai fame?»

Mika annuì. Quell'incontro l'aveva lasciata senza parole. Non sapeva se ammirava Hanns de Burgh o se ne aveva un po' di timore. In ogni caso, non aveva mai conosciuto una persona come lui.

«Credi davvero che verrà al Classics?» chiese alla nonna.

«Lo spero proprio, perché avere Hanns come istruttore a Kaltenbach sarebbe la nostra salvezza definitiva» sospirò Maria.

Mika si fermò e rimase a guardare la nonna che si faceva energicamente strada tra la folla. Quindi per tutto il tempo era stato quello il suo piano!

In quel momento dallo stadio si levò un boato di gioia e l'altoparlante annunciò: «Questo era l'ultimo concorrente di questo barrage, signore e signori, e dunque la vittoria è certa: Hanns de Burgh vince il Gran Premio di Aquisgrana. La cerimonia di premiazione avrà luogo fra pochissimi istanti...».

Mika sorrise, piena di rispetto per l'anziana donna. E si affrettò a seguirla.

Era già l'imbrunire quando il fuoristrada verde varcò il cancello della Tenuta Kaltenbach. La nonna era stata insolitamente loquace e per tutto il viaggio aveva tenuto a Mika un'esauriente conferenza sulla *Storia dell'equitazione dall'antichità a oggi*.

A un tratto Mika aveva una gran fretta di andare a letto.

Maria le sorrise affettuosamente. «Va' pure. È stata una giornata lunga. E poi domattina dovrai essere in forma di buon'ora. Abbiamo molte cose da fare, dopotutto oggi hai visto dove puoi arrivare!» concluse con gli occhi che le brillavano di entusiasmo.

«Mmm... mmm...» rispose vaga la ragazza. «Buonanotte, nonna.»

«Anche a te, Mika, anche a te.»

Quando Mika entrò nella sua stanza, Fanny saltò su dalla seggiola come un pupazzo a molla da una scatola a sorpresa. «Be', almeno *tu* ti sei divertita oggi?» le chiese di malumore. «Perché io ho passato inutilmente la giornata a cercare di mettere su carta qualcosa degno di essere raccontato.»

«Be'» disse stanca Mika. «Abbiamo visto dei cavalli in gamba e delle persone in gamba su cavalli in gamba e poi abbiamo parlato con un vecchio allievo di mia nonna. È stato bello e... non so, ma in qualche modo anche no.»

Ancora una volta Mika si rese conto che le era difficile tradurre in parole i suoi sentimenti contrastanti su tutto il baraccone dei concorsi ippici. E Fanny non le dava l'impressione di avere questa gran voglia di starla a sentire. Girava intorno al letto come un leone in gabbia quando Mika scivolò sotto le coperte e di nascosto puntò la sveglia del cellulare alle undici e mezzo. Uff, voleva dire solo poco più di due ore di sonno.

«E tu? L'articolo è a posto?» le venne in mente di chiedere appena in tempo prima che Fanny, che evidentemente aspettava proprio quella domanda, esplodesse come un petardo.

Si piantò i pugni nei fianchi. «No! Sono rimasta qui

per tutto il giorno e ho scritto quattro parole in croce. Cioè il titolo, che recita: *Un mucchio di letame!*» Si voltò verso l'amica, le cui palpebre calavano già pesanti come piombo.

«Mi pare buono. Avanti, racconta...» mormorò Mika sprofondando nel cuscino.

Fanny inclinò la testa. «Ah, sul serio? E poi la scuderia ha preso fuoco, Sam è stato rapito dagli alieni e a me si sono staccati i pollici a furia di girarli.»

«Mmm. Domani devo assolutamente vederlo» farfugliò Mika e subito dopo – ancora una volta! – si addormentò.

A quanto pareva i problemi di Fanny non le interessavano, e quella era una cosa che prima non succedeva. Prima di Kaltenbach e di Windstorm e di... di tutte quelle scemenze! pensò Fanny delusa.

Con un sospiro si lasciò cadere sulla seggiola davanti alla finestra e cominciò a girare in tondo. Prima lentamente e pensierosa, poi sempre più in fretta, come un criceto sulla sua ruota.

Due ore e mezzo dopo, la sveglia di Mika suonò e lei aprì gli occhi all'istante. Silenziò in fretta il ronzio del cellulare e guardò Fanny che al suo fianco, rannicchiata come un cucciolo di labrador, squittiva piano in sogno. Si era scalciata via la coperta di dosso e dormiva della grossa.

Mika gliela rimboccò con cura e andò alla finestra in punta di piedi. Senza far rumore uscì sulla tettoia e scese tenendosi stretta alla fitta edera. Ormai faceva quasi più alla svelta a raggiungere il cortile in quel modo che non passando normalmente dentro casa.

Attraversò di soppiatto lo spiazzo buio diretta al deposito foraggi per fare incetta dei farmaci che le aveva mostrato Tinka, attenta a cogliere eventuali rumori nel buio. Fanny non aveva accennato a un'ulteriore veglia notturna: evidentemente lei e Sam avevano rinunciato a dare la caccia al ladro.

Avvertì di nuovo quella piccola fitta di rimorso. Avrebbe dovuto raccontare ai suoi amici di Milan e di 33. E anche rubare medicine alla nonna la metteva un po' a disagio. Solo pochi giorni prima si era sentita pronta ad abbattere un forcone su quel misero ladro e adesso eccola lì, a rubare!

Si fermò indecisa. Ma che altra scelta aveva? Doveva aiutare quella cavalla malata!

E poi aveva promesso a Milan di non dire niente a nessuno. Si riscosse e aprì il grosso lucchetto con la combinazione che Tinka aveva intenzionalmente pronunciato a voce alta, scandendo i numeri così lentamente che non aveva avuto problemi a memorizzarla. Si sentì invadere da un profondo senso di riconoscenza al pensiero della piccola amica che non faceva troppe domande ed era sempre pronta quando Mika aveva bisogno di aiuto. Un'altra persona cui quel giorno aveva mentito.

Mika raccolse in fretta qua e là le confezioni e le infilò nello zaino. Quindi prese dal bidone del foraggio un paio di costose barrette energetiche e si diresse alla porta, quando all'improvviso un freddo oggetto di metallo le pungolò dolorosamente la schiena. «Non ti muovere!» sentì ringhiare alle sue spalle e si fermò spaventata.

La luce al neon sul soffitto si accese con un guizzo... e in quel momento l'oggetto si allontanò dalla sua schiena e una voce familiare brontolò seccata: «Accidenti, Mika! Lo so che ti piace andartene in giro per la tenuta di notte, ma non potresti procurarti quello che ti serve per il tuo cavallo di giorno, come fa la gente normale?». Dietro di lei, Sam aveva abbassato la cerbottana.

«Sa... am» balbettò lei, cercando di rallentare il cuore che le batteva all'impazzata.

«Sì, scusa. Credevo davvero di averlo preso!» Sam aveva un'aria così abbacchiata che a Mika dispiacque quasi di non essere il ladro. Perlomeno, non quello giusto. «Spiace anche a me. Io... devo andare da Windstorm. Non riesco a dormire e volevo controllare se aveva delle nuove ferite.»

Sam annuì stanco, poi prese di tasca una mela e gliela porse. «Hai capito come se le è fatte nel frattempo?»

Mika scosse il capo. «Ho pensato... e se ogni tanto scappasse dal paddock?»

Il ragazzo si strinse nelle spalle. «Mi sembra impossibile. Dove dovrebbe andare? D'altra parte, sappiamo entrambi che non si è procurato quei graffi facendo la lotta con Archibald. Semmai ci sarebbe da sospettare piuttosto della mucca.»

Mika sorrise. «È vero. Be', allora ciao...»

«Sì, ciao. Resterò qui a fare la guardia. Prima o poi lo beccherò, fosse anche l'ultima cosa che faccio per Kaltenbach.»

Alla luce fioca Sam aveva un'aria davvero feroce e Mika si affrettò a uscire nella notte. Quell'incontro non era servito a guarirla dai suoi rimorsi di coscienza.

Nel paddock era già attesa. Windstorm era in piedi al cancello, con le orecchie ritte e le froge frementi, e nitrì prima ancora che lei riuscisse a scorgerlo nel buio azzurrognolo della notte. Mika si arrampicò sul recinto e da lì gli montò in groppa. Lo stallone saltellava inquieto come se non aspettasse altro che partire.

«Che ne diresti di fare una gita?» gli chiese piano, mentre con un piede apriva il cancello. «Spero di ritrovare la strada, ma insieme ce la faremo...»

Prima ancora che potesse finire la frase, Windstorm era già partito al galoppo. Colta di sorpresa, Mika si aggrappò alla criniera. Il buio fitto della notte senza luna li avvolgeva, ma non era una cosa che potesse fermare Windstorm. Lo stallone sembrava sapere esattamente dove voleva andare Mika.

Quando uscirono dal riparo del bosco diretti alla fattoria dell'ungherese, gli zoccoli di Windstorm affondarono nel fango. Mika sentiva il corpo dell'animale teso sotto di sé, come un arco pronto a scagliare una freccia. O era soltanto la tensione che provava lei?

Gli accarezzò il collo sudato cercando di calmare lui e al contempo se stessa. «Lo so che è un posto spaventoso, lo avverti anche tu, non è vero?»

Il cuore le batteva così rumorosamente che le sembrava lo avrebbero sentito perfino in Papua Nuova Guinea. Scivolò dalla groppa di Windstorm vicino a un grosso cespuglio e si guardò attorno. La fattoria si stagliava proprio davanti a loro, il cancello di ferro distava solo pochi metri. Lo scrollò piano, ma era chiuso a chiave.

«Milan?» chiamò a bassa voce, ma le rispose solo il grido roco di una civetta. Il fienile e il cortile erano davanti a lei, silenziosi, irraggiungibili dietro la recinzione protetta dal filo spinato.

Si voltò verso Windstorm, che la seguiva a pochi passi di distanza. «Tu rimani qui, io torno subito, d'accordo? Non ti muovere.»

Windstorm sbuffò e Mika lo prese come un segno che l'aveva capita. Si avvicinò furtiva alla recinzione e cominciò a tastarla per tutta la lunghezza. Era una rete metallica arrugginita che le arrivava poco sopra la testa. Senza l'acuminato filo spinato non sarebbe stato un problema scavalcarla, ma così era insormontabile.

Improvvisamente dietro di sé sentì scricchiolare la boscaglia come una mascella che rumina minacciosa. Si girò di scatto e si trovò faccia a faccia con Windstorm.

«Accidenti!» esclamò con le ginocchia sul punto di cedere.

Lo stallone la guardava caparbio con i suoi occhi scuri.

«Va bene, allora vienimi dietro» acconsentì con voce tremante. Ma Windstorm le trotterellò davanti seguendo la recinzione.

Mika rimase a fissarlo stupita. «O se preferisci precedimi.»

Dopo un paio di metri lo stallone si fermò. Mika si accorse che in quel punto la recinzione era ammaccata come se fosse stata investita da una macchina. Anche lì non era possibile scavalcare, ma tra il terreno e la rete c'era un buco attraverso il quale si poteva strisciare, tenendo la pancia piatta a terra.

Impressionata, Mika sorrise al cavallo. «Va bene,

va bene, sei più furbo di me. Adesso però rimani qui lo stesso, d'accordo?»

Buttò lo zaino oltre la rete e si schiacciò per passare nella piccola apertura.

«Torno subito» sussurrò a Windstorm quando fu dall'altra parte.

Senza far rumore, aprì la porta della scuderia e sgusciò dentro in fretta. Di nuovo dovette farsi forza per non lasciarsi contagiare dalla disperazione paralizzante che avvolgeva quel luogo.

Superò in fretta i box da cui i cavalli la guardavano con occhi impauriti. Finalmente, arrivata alla meta, aprì silenziosamente quello della giumenta. «33» c'era scritto su una piccola lavagnetta inchiodata alla porta. La cavalla bianca era esattamente nello stesso punto del giorno prima. Mika avrebbe potuto giurare che non si fosse spostata di un centimetro.

«Ciao, 33» la salutò a bassa voce, avvicinandosi con prudenza di lato. «Ti ho portato qualcosa.»

La giumenta non si mosse. Mika le tastò il mantello opaco e appiccicoso e la carezzò delicatamente.

Fece un altro passo e il suo piede urtò qualcosa di morbido... qualcosa di vivo!

Soffocò un grido sgomento e arretrò con un gemito. Il cuore le martellava all'impazzata. Poi capì che cosa – o meglio chi – stava disteso sulla paglia vicino all'animale: Milan.

Si era arrotolato in una vecchia coperta militare di lana e dormiva come un ghiro. Mika sentì un brivido correrle lungo la schiena, un misto di gioia e di una sensazione che non avrebbe saputo definire con precisione. In ogni caso, avvertì un formicolio fin nelle punte dei piedi, con i quali in quel momento pungolò cautamente il ragazzo.

Milan sussultò fulmineo portandosi le mani al viso per proteggerlo.

Mika lo guardò spaventata. «Scusa, io... sono solo io» balbettò.

Per un attimo il ragazzo sbatté le palpebre confuso, poi abbassò le braccia. «Sei tu» ripeté, ma il tono non sembrava sgarbato.

Vedendolo pescare un paio di pagliuzze dai riccioli scuri, Mika abbozzò un cauto sorriso.

Per un po' nessuno dei due seppe cosa dire, poi cominciarono a parlare insieme.

«Ho portato dei farmaci.»

«Mi sono addormentato.»

Al che Mika non riuscì a trattenere un gran sorriso. «Ho visto. Allora, come sta?» aggiunse con tono più serio.

Milan accarezzò dolcemente la giumenta sulla fronte. «Non peggio, ma neanche meglio. E continua a non voler mangiare» disse guardando la ragazza.

Per Mika l'espressione triste nei suoi occhi scuri

fu quasi un dolore fisico: riusciva a capirlo fin troppo bene.

Si riscosse. «Ecco qua!» disse in fretta scuotendo sulla paglia il contenuto dello zaino. Prese una confezione dietro l'altra e intanto ripeté a Milan quello che le aveva spiegato Tinka.

Quando ebbe finito, lui la fissava con gli occhi sgranati in cui Mika lesse riconoscenza, ma anche qualcos'altro. «Iniezioni? Io... non so come si fanno.»

Mika annuì con una sicurezza che era ben lungi dal provare. «Ci penso io, è facile. Tu pulisci la ferita, va bene?»

Milan la guardò colpito. «Va bene» acconsentì con voce roca.

Per la mezz'ora successiva lavorarono concentrati fianco a fianco senza dire un'altra parola. Si sentiva solo il sommesso sussurro con cui Milan tranquillizzava la giumenta, mentre con la tintura gialla le disinfettava la ferita con cura.

Dopo un paio di tentativi impacciati, Mika riuscì anche a fare la puntura di vitamine. Tentò di ricordare i gesti del dottor Anders, che aveva fatto un'iniezione a Windstorm quando aveva avuto una brutta colica. Aveva semplicemente schiacciato un po' la pelle e *zac!* Che cosa c'era di così difficile?

Mika deglutì. Si avvicinò alla cavalla, cercò un punto sul collo, chiuse gli occhi e punse decisa.

Quando li riaprì, Milan la osservava con un sorriso divertito. «Facile, eh?»

Adesso il ragazzo era in piedi vicinissimo a lei e teneva una mano sul dorso della cavalla.

«Tu credi che ce la farà?» le chiese piano.

Mika guardò 33, che se ne stava a testa bassa e subiva tutto senza reagire. Non era facile tradurre in parole ciò che provava, soprattutto perché non avrebbe voluto provarlo.

«Credo che le ferite non siano la cosa peggiore» cominciò cautamente. «Il brutto è...» cercò le parole giuste «... che non le importa di guarire. Si è arresa e basta.»

Mika si era aspettata che Milan protestasse, invece lui annuì soltanto. «Lo so. Lo sento anch'io.»

Il cuore di Mika fu invaso da una calda ondata di compassione. Avvicinò la mano a quella del ragazzo sul dorso della giumenta. Non si toccarono, ma lei avvertì comunque il calore della sua mano come se fosse un carbone ardente.

Rimasero così per un po', mentre Mika sentiva i muscoli del dorso della cavalla tendersi sotto le loro dita. Milan la guardò sorpreso, ma non si sbagliava: 33 aveva girato la testa e fiutava guardinga il braccio di Mika.

Incredula la ragazza lo stese e le froge della giumenta lo strofinarono ansiose. Le orecchie fremevano attente.

Milan non riusciva a crederci: «Ma... ma come hai fatto?». La guardò felice. «È la prima reazione in tre settimane!»

Come se lo avesse capito, 33 girò la testa e diede una spintarella a Milan, che continuava a carezzarle il collo. «Sei tornata! Sei tornata!» le sussurrò.

Mika avrebbe voluto fare un balletto, invece tirò fuori dallo zaino una mela e la porse a Milan, che la offrì a 33. Sulle prime la cavalla l'annusò, poi l'accettò esitante.

Il cuore di Mika fece un salto indietro nel tempo, a un anno prima, quando un altro cavallo in un'altra scuderia aveva accettato una mela da lei, cambiando la sua vita per sempre.

Era ancora buio pesto quando Milan l'accompagnò alla recinzione, nel punto in cui c'era l'apertura. «Ecco, vedi, è qui» mormorò lei mostrandogli l'ammaccatura e il buco sottostante.

«E l'hai trovato tu?» le chiese il ragazzo guardandola stupito.

«Be', non da sola. L'ha trovato Windstorm» ammise Mika.

«Wind... cosa?»

«Il mio cavallo. Lui.»

Lo sguardo interrogativo di Milan seguì la mano tesa di Mika. Solo allora vide lo stallone nero dall'altra parte della rete.

Al buio era quasi invisibile.

Il ragazzo fissò incredulo Windstorm, che emise un nitrito minaccioso scuotendo la testa.

«*Quello* sarebbe il *tuo* cavallo?»

«Sì, Windstorm.»

Sembrava che Milan avesse visto un fantasma.

«Ma... è stato proprio lui!»

Mika non capiva.

«È stato lui che cosa?»

«A fare *questo*!» Milan scrollò la recinzione. «Una notte è arrivato qui e ha cercato di oltrepassarla con un salto. Cioè, voglio dire, la rete è alta quasi due metri, è stata una follia. Ci è rimasto impigliato a tal punto che ho dovuto liberarlo. Poi l'ho scacciato pensando che la cosa fosse finita lì. Invece tornava di continuo! Quel cavallo è completamente impazzito!»

Anche se il sole non si era ancora levato, quando Mika riportò Windstorm al paddock le nuvolette rosa in cielo annunciavano già il giorno. Da quando aveva lasciato Milan alla recinzione i pensieri le si affollavano nella mente, ma era troppo stanca per riuscire a fermarli.

Il giorno dopo avrebbe capito come far quadrare tutto: Windstorm, 33, Milan, l'ungherese. Solo che il giorno dopo era già arrivato. Stanca morta, s'infilò nel letto vicino a Fanny, che adesso stava stesa di traverso sul materasso lasciando a Mika soltanto una piccola striscia.

Si strinse vicino all'amica addormentata e il suo ultimo pensiero fu che in quella posizione non sarebbe mai riuscita a prendere sonno. Un attimo dopo anche lei era nel mondo dei sogni.

Capitolo nove

Un vento caldo carezzava l'erba del grande prato, nell'aria ronzavano gli insetti e la luce era così intensa che dovette chiudere gli occhi.

Windstorm era con lei. Con uno sbuffo, slanciò la testa in alto e trottò in tondo con la coda sollevata. Sembrava ballasse. Lei sorrise.

A un tratto la luce sopra di loro parve muoversi: era un altro cavallo! Volava nel prato verso di loro, più veloce di qualsiasi altro cavallo avesse mai visto.

C'era anche Milan, vicino a lei. «È scappata. È stata via per tutta la notte» le disse.

Lei lo guardò, ma Milan era diventato Sam, che le urlava astioso: «Sta saltando oltre la recinzione. Sta scappando!».

In quel momento Tinka, in sella a Frau Holle, pas-

sò davanti a loro ridendo allegra. «È innamorato! Innamorato, fidanzato, sposato!»

Stupefatta, Mika vide Windstorm e 33 incontrarsi in mezzo al prato luminoso. I due cavalli avevano chinato la testa, i corpi girati uno verso l'altro. Sembravano una creatura fantastica a due colori. Come lo Yin e lo Yang.

Avvertì la calma emanata dai due animali, come un piacevole soffio d'aria sulla pelle. La calma di Windstorm.

Mika aprì gli occhi e di colpo si trovò perfettamente sveglia. Finalmente nella sua testa tutti i tasselli di quel rompicapo erano andati a posto: gli incubi, il filo spinato, le ferite di Windstorm, la sua irrequietudine e 33, che era scappata dalla fattoria dell'ungherese ed era stata via per un giorno e una notte interi.

Ma perché non ci aveva pensato prima? Windstorm doveva avere incontrato 33! E poi l'ungherese aveva catturato la giumenta, i due cavalli erano stati costretti a separarsi e lo stallone aveva cercato di raggiungerla saltando oltre il filo spinato.

A quell'idea Mika sentì un brivido gelido correrle lungo la schiena. Ecco perché il suo cavallo conosceva la strada per la fattoria dell'ungherese. Ed era per questo che quella notte era arrivato a salvare

Mika. E 33 – ovviamente! – aveva reagito all'odore di Windstorm. Non era un caso. Era... amore.

Mika schizzò giù dal letto. Doveva andare subito da Milan! Spiegargli tutto. Ma poi?

Esitò. Non poteva certo presentarsi lì in pieno giorno. Però doveva comunque spiegarlo a qualcuno. Immediatamente.

«Fanny?» chiamò guardandosi attorno. Ma la sua amica non c'era.

La trovò seduta sugli scalini fuori dalla villa, con il taccuino sulle ginocchia, la matita dietro l'orecchio, intenta a osservare la fila di formiche davanti ai suoi piedi.

Mika si lasciò cadere sui gradini accanto a lei. «E allora, come va la tua carriera di giornalista?» le chiese con voce profonda cingendole le spalle con un braccio.

Fanny non si mosse. «Grazie dell'interessamento, ma mi stai disturbando sul lavoro.»

Mika le rivolse un'occhiata sorpresa e poi seguì il suo sguardo. «Ah, capisco. *Lo straordinario mondo delle formiche.* Certo, un vero scoop!»

Fanny non reagì e rimase a fissare le formiche.

Mika ci riprovò. «Devo raccontarti tante di quelle cose che sto per esplodere! Di Aquisgrana e di Windstorm... e...»

«Mika! Ti aspetto al percorso tra quindici minuti,

pronta e con il cavallo sellato!» tuonò la voce nitida della nonna dal maneggio.

«Certo!» gridò Mika di rimando saltando su. «Cavoli, adesso devo andare... ma dopo voglio raccontarti tutto e...»

Fanny sollevò una mano per farla tacere, poi alzò gli occhi delusa verso di lei. «Facciamo un patto, d'accordo?»

«E sarebbe?»

«Nei prossimi giorni io me ne sto per conto mio, cerco di scrivere questo maledetto articolo – e perché non sulle formiche? – visto che il termine per la consegna è tra sei giorni. E tu» continuò «pensi al tuo concorso, al tuo cavallo, a tua nonna, al salvataggio della tenuta e bla bla bla. Dopodiché potrai raccontarmi tutto per filo e per segno e magari senza addormentarti nel frattempo.»

Mika spalancò la bocca. Le sembrava davvero ingiusto. «Ma...»

Fanny inclinò la testa con un sospiro. «Credimi, è la decisione migliore. Io faccio le mie cose e tu le tue.»

Mika era riluttante. «Se pensi...» iniziò incerta.

«Sì, penso proprio.»

«Dieci minuti!» giunse la minaccia dall'altro capo dello spiazzo.

Fanny inarcò le sopracciglia con uno sguardo che diceva: «Hai visto?».

Questa volta fu Mika a sospirare. «D'accordo.»

La cosa non le piaceva per niente, ma Fanny aveva ragione: i prossimi giorni avrebbero richiesto tutta la sua attenzione, non c'era posto per divertirsi con Fanny. E se lo proponeva lei...

«Ehi» aggiunse però sentendosi in colpa, «a Parigi faremo tutto il giorno soltanto quello che vuoi tu, te lo prometto.»

«D'accordo» disse Fanny, che adesso sorrideva addirittura un pochino. «In fondo per distrarmi mi rimane quel bel garzone di scuderia.»

«Mika!» urlò in quell'istante Maria Kaltenbach a voce così alta che le colombe sullo spiazzo volarono via spaventate e Mika partì di corsa.

Fanny rimase a guardarla pronta a tornare a dedicarsi alle sue amiche formiche, quando sui gradini venne a sedersi qualcun altro.

«Allora, raccontami tutto su quel bel garzone di scuderia» le disse Sam, e Fanny sentì che le orecchie le s'infiammavano.

I giorni e le notti seguenti volarono. Perlomeno, così parve a Mika: di giorno passava quasi ogni momento libero ad allenarsi con la nonna per il Classics.

Maria era un'istruttrice severa, e anche se Mika ce la metteva tutta, aveva la solita sensazione di non riuscire a seguire fino in fondo le sue istruzioni.

Qualche volta a Kaltenbach veniva il signor Kaan, si sedeva all'ombra del castagno vicino al maneggio e restava a guardarle. Erano i giorni migliori, perché dove a sua nonna servivano ventitré frasi per spiegarle qualcosa, al signor Kaan bastava una parola soltanto.

Forse era semplicemente perché Mika lo capiva meglio. Lo avrebbe voluto lì tutti i giorni, ma sapeva anche che ormai aveva chiuso la sua carriera di istruttore e che veniva solo per fare un piacere a lei.

Tuttavia, per quanto Mika si sforzasse di dare prova del talento che la nonna vedeva in lei, al momento era ancora ben lungi dal completare il percorso senza errori.

Maria aveva sempre qualcosa da ridire. O la postura di Mika era sbagliata, oppure le redini non stavano dove dovevano, e perlopiù Mika non capiva neppure di che cosa la nonna stesse parlando.

Ma forse dipendeva anche da Windstorm. Era assente e nervoso, e anche se adesso Mika conosceva la causa della sua irrequietezza, non poteva farci niente.

A questo si aggiungeva la continua stanchezza, perché passava quasi tutte le notti con 33. Portava alla giumenta farmaci e foraggio ricostituente e parlava per tutta la notte con Milan. Avevano così tante cose da dirsi!

Mika gli raccontò dei suoi genitori, della scuola e del suo grande sogno di poter vivere a Kaltenbach prima o poi.

Milan le parlò di sua madre, morta quattro anni prima. Da allora viveva con il suo patrigno e contava i giorni che mancavano al suo sedicesimo compleanno. Allora sarebbe scappato, avrebbe portato 33 con sé e avrebbe cercato lavoro da qualche parte con persone che amavano i cavalli e non li sfruttavano. Mika lo capiva fin troppo bene.

Ma la cosa più bella era che a poco a poco 33 si stava riprendendo. I farmaci avevano fatto effetto, la ferita sulla pancia era quasi guarita e la cavalla aveva ricominciato a mangiare.

Ogni volta che Mika andava a trovarla, 33 l'annusava come se non vedesse l'ora di rivedere Windstorm.

E lo stesso era per lo stallone. Windstorm, che tutte le notti aspettava Mika e quando all'alba la vedeva strisciare nel buco sotto la recinzione le avrebbe strappato di dosso la maglietta.

Milan e Mika avevano ideato un piano a grandi linee per far stare insieme i due cavalli dopo il concorso, quando 33 fosse stata meglio.

Più quel giorno si avvicinava, tuttavia, più Mika si sentiva sotto pressione. La nonna era sempre più preoccupata per la perenne stanchezza della nipote e per le sue misere prestazioni. E Mika trovava sempre più difficile tenere nascosto il suo segreto a Sam e a Fanny.

Sam era su tutte le furie perché nonostante i suoi sforzi di acchiappare il ladro, quasi ogni giorno dal deposito scomparivano farmaci e foraggio.

Fanny, invece, contava i giorni che le rimanevano da passare a Kaltenbach come un prigioniero la fine della pena e parlava con Mika solo il minimo indispensabile. Anche se le piaceva moltissimo trascorrere il tempo in compagnia di Sam, con l'avvicinarsi del Classics anche lui ne aveva sempre meno da dedicarle. E come se non bastasse, il suo blocco dello scrittore era sempre più ostinato, il che voleva dire che non sarebbe mai riuscita a scrivere l'articolo e si sarebbe potuta dimenticare il concorso.

Ma la cosa peggiore era che a Fanny mancava la sua amica. Sentiva che Mika aveva un segreto, e finora tra loro due di segreti non ce n'erano mai stati.

Mancavano ancora due giorni al Classics quando una notte, andando alla fattoria dell'ungherese in groppa a Windstorm, Mika trovò chiuso il buco nella recinzione. Fece tutto il giro chiamando piano Milan, ma non successe niente. Il cancello era chiuso, la tetra fattoria era come una fortezza silenziosa dietro l'inespugnabile filo spinato.

Dopo un'altra ora di attesa, Mika rinunciò e fece per tornare indietro, ma Windstorm puntò testardo gli zoccoli sul fondo del bosco. Mika avvertì che lo stallone aveva paura e, per quanto cercasse di convincersi che era tutto a posto, neppure lei era tranquilla.

Appoggiò la fronte alla sua per rassicurarlo. «Vieni,

andrà tutto bene. Di sicuro Milan si è semplicemente addormentato e si è dimenticato di noi.»

Mika stessa si rendeva conto di non crederci fino in fondo e, di conseguenza, di non riuscire a convincere Windstorm. Il suo cavallo provava quello che provava lei, e in quel momento per la prima volta il loro legame diventò un problema.

Lo stallone correva impaziente su e giù lungo la recinzione.

«Vieni!» provò ad attirarlo Mika, ma lui non le obbedì.

S'impennò con un nitrito disperato scalciando contro la rete con gli zoccoli anteriori. Una volta, due volte.

«Windstorm!» gridò Mika spaventata, e in quello stesso istante dietro la recinzione si accese un faro abbagliante.

Mika era ancora senza fiato quando si arrampicò nella sua stanza dalla finestra e si lasciò cadere distesa sul pavimento. Lei e Windstorm erano riusciti a sfuggire per un pelo all'uomo che, subito dopo aver acceso la luce, si era precipitato fuori di casa armato di fucile. Era l'ungherese, ne era sicura.

Si sfilò piano le scarpe per non svegliare Fanny. Erano completamente infangate, e anche la maglietta era tutta chiazzata dopo la fuga precipitosa nel bosco. Mika si avvicinò al letto senza far rumore, scostò la coperta e s'infilò sotto. Si voltò... e vide gli occhi sveglissimi di Fanny.

«Ahh!» farfugliò spaventata. «Ti ho svegliata? Sono dovuta andare un attimo... in bagno.»

Fanny si mise a sedere, si coprì le ginocchia con la coperta e ribatté rabbiosa: «Ah, davvero? E questo bagno dove sarebbe? In un casotto fuori dalla tenuta, il gabinetto del tuo amico lo gnomo del bosco?».

Mika la guardò senza capire e Fanny indicò con un cenno del capo le scarpe sporche di fango.

Mika chinò il capo con aria colpevole. Era giunto il momento di confidarsi con la sua amica.

E Fanny doveva essere dello stesso parere, perché incrociò le braccia sul petto e chiese: «Devi forse dirmi qualcosa?».

Mika strinse le labbra. «Sì. Però è una storia lunga e...» cominciò, ma bussarono alla porta e la nonna entrò precipitosamente nella loro stanza.

«Oh, meno male che sei già sveglia! Ho sentito le vostre voci da fuori» aggiunse a mo' di spiegazione.

Le due ragazze fissavano Maria Kaltenbach, che con la camicia da notte bianca sembrava davvero un fantasma. «Ho una notizia grandiosa! Volevo dartela già ieri, ma sei andata a letto così presto... Ha telefonato Hanns. Verrà! Ti rendi conto di che cosa significa?»

Mika scordò per un attimo Fanny e la sua rabbia.

«Davvero?» domandò entusiasta. «Viene qui?»

Maria annuì felice. «Viene. E Hanns de Burgh non fa le cose solo per divertimento. Credo che abbia funzionato!»

Fece addirittura un paio di rilassati passi di danza, ma subito si ricompose e disse con tono più asciutto: «Quindi oggi dovremo allenarci ancora più duramente. È la nostra ultima lezione, perché prima del concorso serve a tutti un giorno di riposo. Perciò su, presto, sbrigati!». E si chiuse la porta alle spalle.

Fanny non capiva più niente. «Che cosa?»

Ma Mika era di nuovo lontana mille miglia con la mente. «Cavoli, Hanns de Burgh viene.» Balzò giù dal letto. «Parliamo dopo, va bene?»

All'improvviso Fanny saltò su. Si rizzò tremante di rabbia sul materasso troppo molle urlando a Mika: «La sai una cosa? Adesso basta! So che abbiamo fatto un patto, ma...». S'interruppe per deglutire. «Credi davvero che io non sappia che di notte te ne vai? Ho aspettato ogni giorno che mi dicessi che cosa stava succedendo, invece è sempre tutto un "nonna qui", "Windstorm là", "Kaltenbach laggiù"! Ma almeno oggi credevo che tu... almeno oggi... Oh, va' al diavolo!»

Fanny scoppiò in singhiozzi. Aveva il viso rigato di lacrime e non riusciva più ad andare avanti. E prima ancora che Mika, che era rimasta di stucco, potesse rispondere in qualche modo, si fiondò fuori dalla stanza sbattendosi la porta alle spalle. In pigiama.

«Fanny, aspettami!» le gridò dietro Mika. Non sapeva che cosa fare, non aveva mai visto Fanny piangere.

E in effetti un attimo dopo la porta si aprì e la sua amica rientrò in camera.

Mika sorrise sollevata, ma Fanny prese il mucchietto di vestiti dalla seggiola e sbatté di nuovo la porta.

Dallo spiazzo arrivò la voce della nonna. «Mika! Sbrigati!» Rabbiosa, Mika prese a pugni il cuscino innocente. Ma perché certe volte la vita doveva essere così maledettamente difficile?

Con il viso arrossato che brillava tra l'erba verde, Fanny attraversò tempestosamente il prato programmando la partenza immediata. Quel giorno stesso avrebbe fatto i bagagli e sarebbe andata a prendere un treno. Era stufa, stufa, stufa!

E adesso non poteva neppure procedere in santa pace in linea retta perché quello stramaledettissimo vecchio steccato di legno si permetteva di bloccarle la strada!

Lo aggredì come un leone farebbe con una gazzella, cercò di arrampicarsi sopra con la spinta della rabbia... e scivolò miseramente. Le gambe nude sfregarono contro il legno ruvido e subito una miriade di schegge e scheggette le trafissero la pelle strappandole un grido di dolore.

«Accidenti accidenti accidenti!» imprecò, e per la seconda volta in quel giorno gli occhi le si riempirono di lacrime. Si sedette a commiserarsi sull'erba controllando la gamba sanguinante. Si sentiva uno straccio.

«Non è stata una bella scena» osservò una voce tranquilla dietro di lei.

Fanny si voltò sbattendo le palpebre alla luce del sole. Davanti a lei c'era il signor Kaan che la guardava con un misto di interesse e compassione. «Davvero?» sbottò scontrosa. «E non mi ha ancora vista fare i tuffi. Lì faccio piangere chiunque.»

Il vecchio si accucciò accanto a lei per esaminarle la gamba scorticata. «Dobbiamo togliere subito le schegge, altrimenti fanno infezione. Vieni.»

Si rialzò tendendole la mano. La pacata risolutezza nella sua voce non ammetteva discussioni, perciò Fanny si lasciò aiutare.

«Stavo andando alla tenuta, ma può aspettare» disse il signor Kaan tornando indietro con lei alla sua casa mobile. Lì la fece sedere su una panca e andò nel casotto per prendere del disinfettante e una pinzetta.

Fanny c'era già stata una volta, ma adesso poté vedere la "proprietà" con calma: la casa mobile con la comoda veranda di legno ricoperta di edera, il camino, una grossa panca piallata e lo scaffale sul quale erano disposte in fila tante figurine di legno intagliato.

Il signor Kaan tornò, le s'inginocchiò davanti e cominciò a toglierle pian piano le schegge. Ahia, faceva un male cane!

«Che ti venga un accidente!» imprecò Fanny.

Lui si fermò e la scrutò a lungo.

Fanny sospirò. Il vecchio era gentile, e poi la stava aiutando. «Non parlavo con lei. Avevo immaginato tutto in modo diverso» si giustificò ancora imbronciata.

E prima che potesse spiegarsi perché, buttò tutto fuori: «La mia amica, la mia migliore amica, quella che conosco da quando avevamo cinque anni, da che ha quel ronzino... cioè, quel *cavallo*, è cambiata completamente. Ormai non c'è più nient'altro, solo il cavallo, il cavallo, il cavallo! O parla di lui oppure è stanca. Io dovrei scrivere questo articolo per un concorso, ma qui non succede niente che sia anche solo vagamente interessante, e poi sono anche continuamente... sola!».

Il signor Kaan aveva ascoltato con attenzione. Continuò a medicarle la gamba con movimenti tranquilli. Senza guardarla, rispose: «Dev'essere difficile per te. Però Mika ha dovuto aspettare a lungo per poter scoprire il suo dono».

«Intende andare a cavallo?»

L'anziano signore si fermò un momento a studiarla con aria seria. «No. È più di questo, molto di più.» Tornò a chinarsi sulla sua gamba e cominciò a tamponarla con un batuffolo imbevuto d'alcol.

«E allora che cosa sarebbe di preciso questo "dono"?» domandò alla fine Fanny. «Cioè, gliel'ho chiesto, a

Mika, ma lei fa sempre come se non fosse niente di speciale... Ahi! Brucia! Sta cercando di uccidermi?»

Il signor Kaan avvitò con cura il tappo della bottiglietta marrone e si alzò.

«Te lo mostro» disse, e sparì nel casotto. Dopo qualche istante tornò con un grosso librone. Fanny lesse il titolo: *Pittura tradizionale mongola del III secolo.* Subito rimpianse di avere fatto quella domanda, ma il signor Kaan si stava già sedendo vicino a lei, lo apriva su una pagina e con un dito abbronzato le indicava una figura sbiadita. Fanny si chinò obbediente sul volume.

Era un'immagine vecchissima, pochi tratti neri, probabilmente un disegno di un graffito rupestre. Raffigurava un uomo che dormiva accanto a un cavallo addormentato.

«Questa figura ha più di duemila anni. I mongoli erano nomadi e per loro un cavallo era la cosa più preziosa che si potesse possedere. E tra di loro ce n'erano alcuni, pochi, che erano prescelti per comprendere i cavalli. Che parlavano la loro lingua. Gli antichi mongoli credevano che fossero cavalli in sembianze umane e li chiamavano "dormienti", perché dormivano con i cavalli.»

Fanny lo guardava senza capire. «Eh?»

Il signor Kaan sorrise. «Devi sapere che un cavallo è un animale che ha l'istinto di scappare. È sempre vigile. Dorme solo tra i suoi simili.»

Adesso Fanny era davvero perplessa. «Cioè mi sta dicendo che in realtà la mia amica è la reincarnazione di un cavallo mongolo?»

Il signor Kaan scoppiò in una risata. «No, non è quello che voglio dire. Quello è soltanto un mito. Ma in ogni fiaba c'è anche un po' di verità, e il dono di Mika è proprio questo: lei sa comunicare con i cavalli non come una persona, ma come un altro cavallo. E questa a sua volta è una cosa che buona parte della gente ha difficoltà a comprendere.»

Fanny annuì. Capiva quello che intendeva il signor Kaan. «Lo so. E sono anche contenta per lei, davvero. Per Mika è sempre stato difficile, con i suoi genitori, la scuola e così via. E ho sempre saputo che è molto speciale.»

Fanny guardò per terra. «Però ho paura di perderla, ecco tutto» concluse a bassa voce.

Il signor Kaan annuì e nei suoi occhi Fanny vide comprensione. «Me ne rendo conto. Ma quello che aspetta Mika è un compito difficilissimo. Un esame. Maria... la nonna di Mika non ha ancora capito cosa significa il talento di Mika. E quello che Mika sta facendo adesso non lo fa per sé, e per lei è difficile. Ha bisogno di tutte le sue forze... e dell'aiuto della sua amica.»

Fanny lo guardò. «Ma ce l'ha! In qualsiasi altro giorno glielo darei volentieri!»

Per la prima volta il signor Kaan parve perplesso. «E perché non oggi?»

Fanny disegnava qualcosa per terra con la punta del piede. «Perché oggi è il mio compleanno» disse piano.

Sul volto dell'anziano signore si dipinse un caldo sorriso. «Allora è diverso! Neppure un dormiente può essere così cieco e così stanco.»

Si alzò, andò a prendere qualcosa dallo scaffale e quando tornò le porse una figurina di legno.

«Wow!» esclamò Fanny rigirandosi tra le mani quella scultura così delicata. Era una specie di uomo-cavallo, un essere fiabesco.

«È davvero bellissima» continuò con sincera ammirazione. «Dovrebbe venderle al mercatino di Natale di Francoforte, la gente prenderebbe d'assalto la sua bancarella.»

«Grazie. È il più bel complimento che mi abbiano fatto da moltissimo tempo a questa parte» osservò il signor Kaan divertito, ma quando Fanny fece per restituirgli la statuina, alzò le mani in segno di rifiuto.

«È per te» le disse alzandosi. «È un centauro femmina, metà donna e metà cavallo. Porta felicità e armonia. Buon compleanno!»

«Sul serio? Grazie!» Fanny lo guardò raggiante: si sentiva già molto meglio. A poco a poco cominciava a capire cosa Mika ci trovasse di così forte in quel vecchio. Senza contare che era anche il nonno di Sam.

Il signor Kaan le porse la mano. «Pensi di farcela? Vogliamo avviarci?»

Fanny si lasciò aiutare e provò a poggiare il peso sulla gamba: il dolore era quasi scomparso. «Per me va bene» disse poi, e s'incamminò al suo fianco.

«Mika sarà contenta di vederla. Questa mattina era agitatissima perché al concorso verrà Chris de Burgh.»

Il signor Kaan si fermò di colpo. «Che cos'hai detto?» domandò con voce aspra.

«È quel genio svedese dell'equitazione che viene a vedere il Classics apposta per Mika e Windstorm.»

Il viso gentile del vecchio si trasformò in una maschera di ghiaccio. «Hanns de Burgh?» chiese.

Fanny annuì. «Proprio lui, ecco come si chiama. La signora Kaltenbach e Mika lo hanno visto ad Aquisgrana e...» S'interruppe, perché senza dire una parola il signor Kaan aveva girato sui tacchi, era tornato indietro, era entrato nella casa mobile e aveva chiuso la porta. *Sbam!*

Fanny rimase a guardarlo esterrefatta senza capirci più niente. Quella era davvero una giornata strana e non soltanto per via del suo compleanno.

Quando poco dopo varcò zoppicando l'ingresso della tenuta, dal maneggio sentì arrivare la voce brusca della signora Kaltenbach. «Redine interna! Baricentro! Quante volte te lo devo ripetere!»

A un tratto Mika le fece davvero compassione. Fanny si avvicinò e si sedette sulla panca sotto il castagno vicino ad alcune ragazzine che seguivano l'allenamento. Anche dai loro volti si capiva che l'immagine che Mika dava di sé sul campo non era delle migliori.

Sbuffando, Windstorm si diresse al galoppo verso un ostacolo. Quando lo stallone spiccò il salto e superò il muro, Mika era china sul suo dorso, lo sguardo concentrato.

«Bravi!» non riuscì a trattenersi dal gridare Fanny, slanciando in alto un pugno trionfante. Le tre bambine si voltarono a guardarla contemporaneamente con aria di rimprovero. Fanny abbassò il pugno. «Non sono stati bravi?» Le tre scossero il capo serissime.

Anche la nonna di Mika, che aveva seguito il salto con gli occhi socchiusi, aveva un'espressione insoddisfatta. «Era mediocre. Mediocre e sporco» comunicò delusa alla nipote.

Mika passò dal trotto al passo, diede a Windstorm una pacca sul collo con qualche parola di elogio e alla fine arrestò lo stallone vicino alla nonna, che la guardò severa. «Lo vedo che ha potenziale, e moltissimo, ma non ci riuscite proprio. E vorrei tanto sapere perché!»

Mika sapeva fin troppo bene perché. Windstorm era nervoso e irrequieto e ancor meno concentrato del solito. Era preoccupato. E lo capiva benissimo, neppure lei si sentiva bene. Per quanto si sforzasse, anche lei con la testa non era lì. Continuava a pensare a 33, a

Milan e al buco nella recinzione che qualcuno aveva scoperto e tappato.

Ma non poteva certo raccontare tutto questo a sua nonna, perciò si sforzò di farle un sorriso spensierato. «Se la prova generale va male, la prima andrà benissimo» disse cercando di mostrarsi sicura di sé.

Maria, però, aveva un'aria tutt'altro che rilassata. «Lo spero tanto. Dopodomani non voglio fare una brutta figura. Non davanti a Hanns.»

Mika deglutì a fatica. Non lo voleva nemmeno lei. Si guardò attorno. Ma dov'era il signor Kaan? Le aveva promesso che sarebbe venuto!

Quando c'era lui, non si sentiva così sperduta in mezzo al campo, con tutte quelle regole e quelle istruzioni così rigide. «Adesso devo fare un paio di telefonate. Riprendiamo tra un'ora» disse secca Maria andando verso la villa.

Mika smontò e si affrettò a togliere la sella a Windstorm. Gli grattò le orecchie frementi. «Lo so, sono preoccupata anch'io, ma andrà tutto bene, te lo prometto. Se tu mi prometti che ce la faremo. Insieme» gli bisbigliò dolcemente all'orecchio.

«Ah, la ragazza che sussurra ai cavalli. Era così che lo avevo sempre immaginato.» Quando Mika si voltò, dall'altra parte del recinto c'era Fanny. Il bisticcio di prima era ancora sospeso tra loro come un nuvolone di tempesta.

«Sei ancora qui? Hai perso il treno?» le chiese Mika con una voce un filo più offesa di quanto non volesse. Solo a quel punto vide la figurina di legno che Fanny teneva sotto il braccio.

«Dove l'hai presa?» le domandò diffidente, ma Fanny si limitò a un'alzata di spalle. «Me l'hanno regalata.»

Mika la scrutò con attenzione e sentì un diavoletto appollaiarsi sulla sua spalla. "Prima Sam e adesso anche il signor Kaan?" le sussurrava all'orecchio.

«Ecco, lo vedi a cosa ti servo io? Qui fai presto a farti altre amicizie» le disse con tono così tagliente che Fanny la guardò sorpresa.

In quel momento dallo spiazzo arrivò come una catapulta Sam, che puntò dritto su di loro cantando con voce stonatissima: «Tanti auguri a te, tanti auguri a te! Tanti auguri, cara Fannyyyyy, tanti auguri a teee!». Poi abbracciò goffamente la ragazza.

Mika li fissò attonita. Quando finalmente comprese quello che stava succedendo, sentì un alternarsi di brividi caldi e freddi di vergogna e di orrore: quel giorno era il compleanno di Fanny e lei se ne era dimenticata!

Sam stava sciogliendo una Fanny lievemente arrossita dal suo grosso abbraccio, quando Mika lo scostò senza tanti complimenti. «Oh, cavoli, Fanny!» balbettò. «L'avevo completamente scordato. Sono imperdonabile e tremenda.»

Fanny la guardò severa. «E?»

«E... e... mi dispiace! È che pensavo a tutt'altro e...»

Fanny scosse la testa insoddisfatta. «Eee...?» chiese ancora una volta, e solo allora Mika vide il familiare scintillio nei suoi occhi.

Sorrise, un sorriso a trentadue denti. «E tanti, tantissimi auguri di buon compleanno!» le gridò slanciandosi oltre il recinto e stringendo l'amica tra le braccia. Avevano tutte e due le lacrime agli occhi.

Quando si staccarono, Mika annunciò: «Voglio rimediare! Questa sera ci sarà la festa di compleanno più da sballo che Kaltenbach abbia mai visto! E siete tutti invitati!» urlò entusiasta.

«Forte, che cosa ci sarà da bere?» pigolò una vocina di bimba vicino a loro, e Mika vide sgomenta le tre piccole amazzoni che li guardavano speranzose.

Capitolo dieci

I lampioncini colorati ondeggiavano piano tra i pini e il cielo stellato si specchiava nel laghetto buio. Sul praticello a riva erano state stese coperte di lana, in un cerchio di pietre crepitava un falò. La festa di compleanno di Fanny era in pieno svolgimento e, anche se alla fine gli invitati erano solamente tre, il buonumore non mancava.

Fanny, Sam e Mika abbrustolivano sulla brace salsicce infilzate in rametti di legno e Tinka si cimentava con i marshmallow, che però continuavano a trasformarsi in pezzettini di carbone nero prima che riuscisse a toglierli dal fuoco.

Per festeggiare Marianne aveva addirittura preparato per loro un'insalata di patate speciale, che però finora nessuno aveva osato assaggiare.

«Ma l'insalata di patate non dovrebbe essere... gialla?» chiese Fanny occhieggiando diffidente quel pastone marrone.

Sam si chinò a guardare con attenzione. «O perlomeno contenere delle patate?»

Entrambi scoppiarono a ridere e a Mika non sfuggì che in quell'istante la mano di Sam sfiorava quella di Fanny. Era contenta di vedere l'amica così felice, anche se le rimordeva ancora la coscienza.

«Bene, credo che questo sia il momento perfetto per svelare il grande segreto di Mika» disse Fanny come se avesse indovinato quello che stava pensando l'amica. La guardò ansiosa, ma Mika sfuggì il suo sguardo. «Ehi, lo avevi promesso! E ho davvero aspettato abbastanza!»

Sul viso di Mika tremolò il caldo bagliore del fuoco. Vedendo le facce piene di aspettativa degli altri, la ragazza deglutì. Non poteva più tornare indietro. Molto probabilmente all'inizio Sam sarebbe andato su tutte le furie, e aveva mentito anche a Tinka. All'improvviso aveva la gola secca.

Si mise a sedere e si schiarì la voce. «Ok, allora, vi ricordate quella notte in cui...»

«Argh!» Tutti si voltarono spaventati, ma era solo Tinka, che aveva fatto bruciare un altro marshmallow. «Scusate» mormorò mogia mogia spegnendo lo spiedino ardente con la limonata.

Mika ricominciò. «Dunque, la prima notte in cui abbiamo dato la caccia al ladro...»

«Se solo lo becco, quel verme!» ringhiò stizzito Sam. Per lui quell'argomento era ancora una ferita aperta.

Mika ci riprovò per la terza volta. «Allora, quella notte io gli sono corsa dietro e...»

Sam sollevò una mano. «Fermati. Se è una storia lunga, prima devo andare a fare una cosa, avete capito, no?» disse tirandosi su di scatto. «Però aspettatemi!»

Fanny alzò gli occhi al cielo. «Sam! Anticlimax!»

«No, solo pipì» ribatté lui non avendo la più vaga idea di che cosa intendesse dire Fanny. Si allontanò e le tre ragazze rimasero da sole attorno al falò.

Tinka era di nuovo tutta presa a trafficare con i suoi marshmallow e Fanny si stese soddisfatta vicino al fuoco. «È la giornata migliore da un sacco di tempo. Ho quindici anni, è estate, siamo qui e finalmente so su cosa scrivere il mio articolo.»

«Formiche?» ipotizzò Mika.

Fanny scosse il capo. «Non te lo dico.» E dopo una breve pausa aggiunse: «Lo sai, è davvero forte avere un'amica come te. Una persona così speciale».

Mika era commossa. A Fanny era successo qualcosa. Qualcosa di bello. «Anch'io non conosco nessuno speciale come te.»

Fanny fece una smorfia. «Così specialmente non speciale?»

Mika scosse la testa. «Così specialmente speciale.»

«E sono speciale anch'io» intervenne Tinka. «Perché ho appena abbrustolito il marshmallow più perfetto e croccante che si sia mai visto...»

In quel momento dal buio si levò un grido lancinante che le fece sussultare tutte... e il capolavoro di Tinka cadde nel fuoco.

«Sam?» gridarono impaurite prima Mika, poi Fanny e alla fine anche Tinka, ma dalla direzione in cui era scomparso giunse soltanto un forte ansimare. Poi un fruscio di foglie e rami spezzati, come se nel sottobosco si aggirasse un animale di grossa taglia.

E infine la voce soffocata e ansante di Sam. «Finalmente ti ho preso, brutto verme di un ladro!» Uscì dal riparo degli alberi tirandosi dietro qualcuno.

Le tre ragazze lo guardarono spaventate. Quando arrivò nel cerchio di luce del falò, a Mika sfuggì un grido atterrito. Era Milan. Sanguinava da una ferita alla fronte ed era bianco come un cencio. Sam invece era ancora battagliero.

«Posso presentarvi lo sporco ladro? Si aggirava di soppiatto da queste parti, l'ho riconosciuto dal ciclomotore» annunciò tetro.

Lasciò andare Milan senza tanti complimenti e Mika s'inginocchiò accanto al ragazzo per controllargli la spalla. «Milan! Stai bene? Ero così preoccupata per te! Sei...»

Milan le scostò stizzito la mano. «No, non sto bene per niente» sibilò. «Il tuo amico mi ha colpito alle spalle con un ramo! Bel coraggio!» ringhiò in direzione di Sam, che era già pronto ad avventarsi un'altra volta su di lui.

Fanny ebbe la presenza di spirito di bloccarlo. «Un attimo. A quanto pare Mika lo conosce. Mika?» le chiese con aria interrogativa.

A quel punto anche Sam parve rendersene conto e le sue sopracciglia s'inarcarono cupe.

Tinka fece capolino da dietro il tronco d'albero dove era andata a nascondersi. Aspettavano tutti.

Mika deglutì, poi annuì. «Stavamo appunto parlando del "grande segreto di Mika". Dov'ero rimasta?»

Quando ebbe finito di raccontare, sui volti dei suoi ascoltatori si rispecchiavano sentimenti contrastanti: incredulità in quello di Sam, compassione in quello di Tinka, stupore in quello di Fanny.

Sedevano attorno al fuoco, Milan leggermente in disparte, appoggiato al tronco di un albero con un fazzoletto premuto sulla ferita.

Mika attendeva ansiosa la prima reazione degli amici. Lì per lì nessuno disse niente, finché fu Tinka a dare il via. «Quindi lui sarebbe la zia dell'amica di tuo cugino?»

Mika assentì con aria colpevole. La bimba digerì l'informazione per un momento, poi chiese a Milan: «E la cura ha fatto effetto?».

Milan le rivolse un sorriso tirato. «Sì, grazie. La ferita è già quasi completamente guarita.»

Tinka annuì soddisfatta.

A quel punto fu Sam a riscuotersi. «Allora... ripetimelo ancora una volta, voglio capire bene: notte dopo notte mi hai lasciato tendere un agguato a un ladro che eri tu?»

Mika evitò il suo sguardo. «Sì. È perché avevo paura. E Milan mi aveva chiesto di non dire niente a nessuno» aggiunse fiacca. A un tratto si sentiva meschina.

Sam scosse la testa incredulo. «Ti ho coperta quando l'anno scorso addestravi Windstorm di nascosto. Per questo sono stato in coma tre giorni. Credevo che fossimo amici.»

A quell'accusa Mika non seppe che cosa rispondere.

Intervenne Milan. «L'ho costretta a promettermi di non dire niente. È tutta colpa mia!»

Sam si voltò furioso verso di lui. «Sì, infatti! È *tutta* colpa tua! Mi dispiace che il tuo patrigno sia un mostro, e mi dispiace anche che quella giumenta stesse così male. Anch'io vi avrei sicuramente aiutati, *se soltanto qualcuno me lo avesse chiesto*!»

E con ciò saltò su e se ne andò nel buio senza voltarsi.

Mika guardò Fanny incerta. «Cavoli. Ho combinato un pasticcio.»

Fanny annuì. «Sì, ma vedrò che cosa posso fare» disse alzandosi a sua volta.

«E tu non sei arrabbiata?» le domandò Mika guardinga.

Fanny rifletté un attimo. «Sì. Però credo che in questo momento sarebbe un po' troppo per te. Perciò rimandiamo semplicemente la sfuriata a un momento più adatto» decise.

«Sam? Aspettami!» gridò poi andandogli dietro.

Mika rimase seduta accanto al fuoco. Si sentiva davvero demoralizzata. Milan strisciò vicino a lei e quando le loro spalle si toccarono, si accorse che stranamente quel contatto la consolava un poco.

«Ma che cos'è successo?» gli chiese con gli occhi fissi sul falò. «Ho trovato il buco chiuso.»

Milan annuì tetro. «L'ha scoperto. Ho dovuto tapparlo, ha controllato cinque volte per vedere che fosse a posto. Da allora è sempre in guardia e... non sono riuscito a sfuggirgli.»

«E 33?»

Il viso di Milan s'indurì. «L'ha venduta, visto che adesso è quasi guarita. Vengono a prenderla dopodomani» mormorò impotente.

Mika alzò gli occhi allarmata. «Che cosa? Chi?»

«Non so di preciso che cos'abbia in mente, ma per lei è una condanna a morte.» Pur facendo di tutto per soffocarle, i suoi occhi scuri si riempirono di lacrime. «Ecco perché sono venuto» concluse con improvvisa caparbietà. «Volevo andare a Kaltenbach, ma poi ho visto il falò e...» Non riuscì a proseguire, la battaglia contro le lacrime era persa.

Mika gli cinse goffamente le spalle con un braccio. Avvertiva il suo dolore e lo comprendeva meglio di chiunque altro al mondo. «Allora dobbiamo liberarla prima» disse dolcemente, ma con decisione.

Milan scosse il capo. «È impossibile» ribatté con voce spenta.

Mika lo guardò. «Certo che è possibile! La porteremo al paddock con Windstorm! Lei gli manca tremendamente. E poi credevo che il piano fosse sempre stato questo!»

Milan si strinse nelle spalle. «Le ho già provate tutte. Il problema è che non si muove di un passo.» Alzò la testa per guardare Mika. «Non vuole venire con me, capisci? Lei... non viene e basta!»

Mika capiva la giumenta fin troppo bene, sentiva letteralmente la sua paura. E a un tratto seppe che cosa sarebbe servito. «Se lei non vuole uscire, vuol dire che dovremo entrare noi» disse risoluta. «Porteremo Windstorm alla stalla e 33 lo seguirà di sicuro.»

Milan la fissò sorpreso. «Ma è una follia! E se ci scopre?»

«Non può. Non lo farà.»

Mika vide la speranza rischiarare all'improvviso la faccia di Milan. «Tu devi solo pensare a farci trovare il cancello aperto.»

Milan sembrava quasi deciso. «Questo posso farlo, in un modo o nell'altro. Vengo a prendervi. Al bivio. Domani notte all'una e mezzo.» Si alzò. «E adesso farei meglio ad andare, prima che si accorga che non ci sono.»

Anche Mika si alzò. «D'accordo. Domani notte. All'una e mezzo.» Tutti e due annuirono, poi rimasero fermi uno di fronte all'altra incerti. Mika si sentì arrossire. D'impulso abbracciò forte Milan per un momento. Sentì il battito del suo cuore... poi Milan si voltò e sparì.

Mika tornò a sedersi a gambe incrociate. Dopo un po' dal buio tornò Tinka, con le braccia cariche di sterpaglie, e si sedette di fronte a lei. Nessuna delle due disse niente. Senza una parola, Tinka allungò una mano, ci fu un fruscio di carta e infilzò un altro marshmallow. Mika sorrise. Rimasero sedute attorno al falò come due cowboy dopo una lunga cavalcata.

Capitolo undici

L'indomani mattina Kaltenbach ferveva di attività già prima dell'alba. La tenuta brulicava di persone venute a dare una mano per allestire il grande concorso che il giorno seguente avrebbe avuto luogo per la venticinquesima volta.

La nonna di Mika dirigeva i lavori come il direttore di un'orchestra sinfonica. Esaminava l'allestimento del percorso, sorvegliava l'innalzamento delle tribune supplementari, controllava con Marianne la consegna delle bibite, faceva trottare Sam nella scuderia, dove lo istruiva a menadito sui box da preparare per i cavalli che avrebbero partecipato al concorso e su come farlo, e tutto mentre il suo telefonino squillava senza posa. La chiamava mezzo mondo per sapere se fosse esatta la voce che circolava in quelle ore: veramente Hanns de Burgh sarebbe venuto a Kaltenbach?

Mentre Maria era nel suo elemento e Sam aveva così da fare che lo si vedeva correre di continuo da un edificio all'altro, in mezzo a tutta quell'attività Mika si sentiva un pesce fuor d'acqua.

Ovunque si girasse, finiva sempre tra i piedi a qualcuno. Fanny aveva detto qualcosa a proposito di un "lampo di creatività" e l'aveva cacciata via dalla loro stanza già di prima mattina. Da allora la si sentiva picchiettare sui tasti alla velocità della luce e se le fosse scoppiata una bomba fuori dalla finestra, probabilmente non ci avrebbe neppure fatto caso.

Mika ciondolava sulla scala pensando al compito che l'aspettava, con la paura che s'insinuava pian piano dentro di lei come una nebbia gelida. Per la prima volta si sentiva stranamente sola.

Con le dita tamburellava nervosa sui gradini di pietra strappando distrattamente un paio di petali da un roseto, quando sentì una voce comprensiva dietro di sé: «Non preoccuparti, è normalissimo».

Alzò lo sguardo e vide la nonna che le sorrideva dalla finestra della sala. «Il nervosismo della vigilia. Succedeva anche a me il giorno prima di un concorso importante.»

«Mmm... certo» rispose debolmente Mika.

«E... Mika?»

«Sì?» Mika la guardò speranzosa. Forse la nonna aveva capito che...

«Ti dispiacerebbe non sfogare la tensione sulle mie rose tea?» Maria indicò il cespuglio spennato vicino alla scala.

Mika si affrettò a ritrarre la mano. «Oh! Scusa.» Il telefonino squillò di nuovo e la testa di Maria scomparve.

Mika si alzò con un sospiro. La nonna non capiva. In quel momento il concorso era l'ultimo dei suoi problemi: e se Sam non fosse riuscito a perdonarla e non le avesse mai più rivolto la parola? E se l'ungherese avesse scoperto lei e Windstorm? E se fossero arrivati troppo tardi e non fossero riusciti a salvare 33?

Tornò a sedersi. Poi si rialzò. Doveva andarsene da lì, doveva tranquillizzarsi, e conosceva un posto soltanto dove trovare quello che cercava: da Windstorm.

Funzionò. Quando poco dopo fu stesa sul prato vicino a lui, i pensieri che le frullavano nella testa come su un otto volante a poco a poco si placarono. Lo stallone che pascolava sereno aveva come sempre un effetto calmante su di lei.

«Anche Valeriana non sarebbe un brutto nome per te» mormorò sorridendo al cielo terso sopra di loro. Windstorm sbuffò dandole una spintarella leggera. Mika rotolò sulla pancia porgendogli un ciuffo d'erba particolarmente succoso. «Questa sera andiamo a prenderla, sai. E domani...»

Windstorm tirò il ciuffo come se volesse giocare al tiro alla fune.

«Domani è domani!» urlò Mika saltando in piedi, e un attimo dopo tutti e due scorrazzavano spensierati in mezzo al prato. I giorni seguenti sarebbero stati una vera sfida, ma adesso erano insieme e il sole splendeva.

Mentre Maria Kaltenbach percorreva lentamente il sentiero, quello stesso sole era già basso sui campi di grano dorati. Dall'incidente camminare a lungo le riusciva faticoso e sul terreno accidentato il bastone aveva poca presa. Il cellulare nella tasca della sua giacca suonò di nuovo, ma Maria si fermò e lo spense.

Stava andando dal signor Kaan e per quei dieci minuti il mondo poteva anche aspettare. Era sorpresa perché da due giorni il suo vecchio amico non si faceva più vedere alla tenuta. E poi, bene o male doveva parlargli dell'ospite che il giorno dopo sarebbe arrivato a Kaltenbach. Più volte si era ripromessa di farlo e aveva rimandato, ma adesso non poteva più evitarlo.

Stava per proseguire quando sentì la risata. Si voltò e nel vederne l'autrice sgranò gli occhi: era Mika. Correva per tutta la distesa del paddock vicino alla casa mobile del signor Kaan e lo stallone nero la seguiva con la criniera al vento. I loro movimenti sembravano perfettamente sincronizzati. Un balletto senza coreografia.

Maria aveva la pelle d'oca. Non aveva mai visto la nipote così felice. E neppure il cavallo. Windstorm. Anche solo pensare a quel nome le riusciva ancora difficile. Istintivamente si sfregò l'anca rigida, le ossa che lo stallone le aveva sbriciolato nella sua fuga spaventata. A vederlo così... Maria si riscosse, adesso non aveva tempo per quegli sciocchi sentimentalismi. Aveva una cosa da fare. Proseguì energicamente la sua faticosa marcia.

«Kaan?» chiamò ancora Maria bussando per la terza volta alla porta del casotto. Arretrò e fece scorrere lo sguardo tutto attorno all'accampamento, il regno improvvisato dove Kaan viveva ormai da vent'anni.

Alzò la mano per bussare una quarta e ultima volta, quando il battente si aprì cigolando. Il vecchio aveva la barba più lunga del solito, i capelli grigi sparati in tutte le direzioni, e guardava Maria con aria indifferente: «Sì?».

Maria trasse un sospiro di sollievo. «Kaan! Oh, grazie al cielo, sei...» cominciò, ma vedendo la sua espressione non riuscì a terminare la frase. Invece disse soltanto: «Ci sei mancato all'ultimo allenamento».

Il signor Kaan non rispose.

Il suo silenzio ebbe su Maria l'effetto opposto e la donna riprese a parlare: «Puoi immaginarti il caos che c'è a Kaltenbach. Prima hanno montato l'oxer in modo sbagliato, poi l'hanno messo troppo vicino alla gabbia e come se non bastasse...».

«... hai invitato Hanns de Burgh e adesso vieni a dirmelo all'ultimo minuto» completò per lei la frase il signor Kaan. La sua voce grondava rabbia gelida.

Maria lo guardò sorpresa. «Sì, infatti» ribatté con un tono che rasentava la cocciutaggine. «Pensavo che perfino tu avresti capito che Kaltenbach ha bisogno di avere un futuro, altrimenti siamo finiti. È per questo che domani cercherò di convincere Hanns ad allenare per noi.»

Kaan la fissò sbigottito. «Kaltenbach ha un futuro, ma di certo non con Hanns. Ma non hai proprio imparato niente dai tuoi errori?» Sembrava sinceramente sconvolto.

I lineamenti di Maria s'indurirono. «Lo so, per uno che vive come te può essere incomprensibile, ma noi dobbiamo stare al passo con i tempi. Oggi avere soltanto cavalli a pensione non basta più. Kaltenbach ha bisogno di un segno distintivo, deve offrire qualcosa di speciale, come fanno a Faceburg. E Hanns *è* qualcosa di speciale, lo sai bene come lo so io!» Lo fissò con aria di sfida.

Lo sguardo del signor Kaan si perse nel nulla. «Oh, sì, è davvero speciale. Specialmente pericoloso.»

«Se non viene lui, Kaltenbach fallirà!» insistette Maria, e sentendo il tremito nella propria voce si spaventò da sola.

Kaan scosse mestamente il capo. «Kaltenbach fallirà se lui verrà. Ma io non resterò qui a guardare.» E con questo le chiuse la porta in faccia.

Maria avrebbe tanto voluto prenderla a pugni, fare a pezzi il legno, invece raddrizzò le spalle. «Vecchio testone misantropo!» mormorò, poi si voltò per andare via.

Avrebbe finito per capire che aveva ragione lei. Che lui lo volesse o meno.

In lontananza un campanile batté le ore: un suono profondo, due acuti. L'una e mezzo. Mika era con Windstorm al bivio in cui aveva incontrato Milan per la prima volta. La notte era particolarmente buia, perché la luna si era nascosta dietro una fitta coltre di nubi scure.

Nonostante l'aria fosse ancora tiepida, lei tremava. Era agitata. Windstorm era tranquillo al suo fianco, solo le sue orecchie fremevano ansiose. Mika aspettava il crepitio di un vecchio ciclomotore in avvicinamento, mordicchiandosi nervosa il labbro. Ma che cosa le era venuto in mente di promettere a Milan di aiutarlo a salvare 33?

Il giorno prima si era sentita forte, adesso però più che altro le tremavano le gambe. Quante probabilità avevano in due contro il patrigno di Milan?

Quel pensiero le diede i brividi. L'ungherese. E lei

stava per portare Windstorm da lui. Dritto nella tana del lupo.

Il campanile batté due volte e Milan non si vedeva ancora. L'inquietudine di Mika aveva ormai contagiato Windstorm, che sbuffava nervoso raspando con gli zoccoli. Poi, come se avesse fiutato qualcosa, gli si gonfiarono le froge. Un orecchio si piegò di lato. E in quel momento la sentì anche lei: la presenza di un'altra persona lì vicino.

«Milan?» chiamò nel buio, con molto più coraggio di quanto non provasse davvero.

«Mi dispiace, ma devo deluderti!» ringhiò una voce.

Mika si sentì mancare. Ma era... «Sam?!»

Due grosse sagome si staccarono dal buio della notte e vennero lentamente verso di lei. Adesso Mika distingueva i due cavalli: Hugo, il morello gigantesco che portava sull'ampia groppa Sam e Fanny, e Archibald con Tinka, che di fianco al cavallo da tiro sembrava aver fatto un giro in varechina.

«Abbiamo pensato che potessero servirti dei rinforzi» annunciò Fanny con un sorriso avventuroso.

«E siamo venuti preparati!» aggiunse Tinka, voltandosi per mostrare uno zaino da escursione bello gonfio sulle spalle. Sembrava pronta per fare il giro del mondo.

Vedendo lo sguardo un po' scettico di Mika, si affrettò ad aggiungere: «Soltanto lo stretto indispensabile».

Sam non disse niente, era ancora imbronciato. Però era venuto.

«Non ci credo, siete davvero qui» balbettò Mika commossa. Si sentì letteralmente cadere dal cuore un grosso peso. «Ma come...?»

«Oh, be', Tinka ci ha raccontato quello che ha detto quel Milan, e così noi *tre*» e qui Fanny pungolò Sam nel fianco «abbiamo pensato che non dovessi andartene in giro da sola. Nel *cuore di tenebra.*»

Sam taceva sforzandosi di dare l'impressione di essere venuto contro la sua volontà.

«E a proposito: dove si è ficcato Milan?» domandò Fanny.

Mika fece spallucce. «Non lo so» rispose inquieta.

Gli amici si scambiarono un'occhiata. La cosa non prometteva niente di buono, ma nessuno voleva dirlo ad alta voce. «Riesci a trovare la strada anche senza di lui?» chiese alla fine brusco Sam.

Mika guardò Windstorm, che ricambiò tranquillo il suo sguardo. Annuì. «La troverà lui.»

«Allora che aspettiamo? Ora che siamo tutti qui nel cuore della notte, tanto vale che andiamo fino in fondo.»

Mika sostenne lo sguardo di Sam e raggiunsero un'intesa tacita: indietro non si tornava.

A quel punto salì in groppa a Windstorm, Fanny si strinse a Sam, Tinka raddrizzò lo zaino e insieme i quattro amici cavalcarono nella notte incontro all'avventura.

Al loro arrivo era ancora buio pesto e per Mika fu addirittura un sollievo che gli amici non potessero vedere quanto era sinistra la fattoria dell'ungherese. Lungo la strada, grazie agli sforzi di Fanny e di Tinka, erano riusciti a portare avanti una conversazione, ma adesso nessuno diceva più una parola. Anche se non si vedeva niente, tutti sembravano avvertire la desolazione di quel posto.

Fanny strinse più saldamente Sam e Tinka affondò le dita nella criniera di Archibald.

Mika li precedette con Windstorm. «Siamo arrivati» sussurrò alla fine quando distavano solo pochi metri dal grande cancello. Scivolò giù dalla groppa dello stallone e fece segno a Sam di fermarsi. Si avvicinò silenziosamente e sbirciò oltre l'inferriata. Come sempre la fattoria pareva un mostro addormentato nel buio.

Mika spinse cauta il cancello, ma non cedette di un millimetro. Si accorse che non era semplicemente chiuso a chiave come al solito: qualcuno ne aveva assicurato i battenti con una grossa catena arrugginita. Mika la tastò incredula. Accidenti accidenti accidenti! Non poteva essere vero!

A un tratto sentì un fruscio e poi dall'ombra emerse

Milan. Doveva essere rimasto ad aspettarla nascosto nell'erba.

«Mika! Devi andare via subito!» Dal buio Mika sentì giungere il suo sussurro urgente e adesso davanti a lei apparve il suo viso preoccupato. «Ha fiutato la cosa. È tutto inutile.»

Mika si sentì infiammare di rabbia. «Non se ne parla!» ribatté cocciuta... e a voce troppo alta.

«Ti prego! È troppo pericoloso. E poi... io non posso uscire e tu non puoi entrare.»

«Oh, sì che *entriamo*» ribatté una voce tetra alle spalle di Mika. Sam, Fanny e Tinka la circondavano come guardie del corpo.

Milan si ritrasse spaventato e rivolse a Mika uno sguardo interrogativo. «Va tutto bene, sono qui per aiutarci.»

«Tinka? Recinzione metallica» disse Sam e, come se fosse una parola d'ordine, Tinka estrasse dallo zaino una grossa tenaglia con i manici lunghi. «Tronchesi a doppia leva» spiegò zelante porgendole a Sam.

«Ci siamo quasi» disse lui, dandosi da fare con gesti esperti per aprire un buco nella rete.

Mika sorrise. A un tratto si sentiva davvero orgogliosa dei suoi amici.

Ci volle un po' perché il buco fosse sufficientemente grosso, ma dopo mezz'ora tutti e quattro erano passati dall'altra parte.

Soltanto Milan non era ancora convinto. «E con lui come facciamo?» chiese indicando Windstorm, al di là della rete con Archibald e Hugo.

Mentre gli altri due cavalli stavano già brucando l'erba tranquilli, lo stallone li fissava attento. «Era questo il piano, giusto? Senza di lui 33 non muove un passo.»

Tinka guardò Fanny, Fanny guardò Mika e Mika guardò Sam. «Ha ragione lui. Per aprire un buco abbastanza grande da far passare Windstorm ci vorrebbe... troppo» ammise mortificato quest'ultimo.

Mika rifletteva furiosamente. Doveva esserci una soluzione, doveva solo trovarla. Scrutò l'alta recinzione che fino a quel momento Windstorm aveva sempre cercato invano di superare. Il filo spinato attorcigliato sopra.

Afferrò le maglie arrugginite della rete e fischiò piano. Dall'altra parte Windstorm le venne vicino, finché si trovarono faccia a faccia ai due lati della recinzione. Mika gli toccò la fronte e gli mormorò qualcosa all'orecchio. Gli altri rimasero a guardarla.

«Che cosa sta facendo?» sussurrò Fanny a Sam, ma lui si strinse impotente nelle spalle.

Windstorm arretrò e tornò al trotto nel bosco.

«E adesso dove va?» chiese ancora Fanny, che non sopportava di non riuscire a capire qualcosa.

Mika si voltò verso Tinka. «Hai una coperta di lana o qualcosa del genere?»

La bimba annuì. «Sulla sella!» S'infilò come una donnola nel buco e un attimo dopo era di ritorno con una coperta grigia.

Mika la piegò una volta e la lanciò sopra il filo spinato. Non era perfetto, ma meglio di niente. Poi fischiò di nuovo.

Quando capì che cos'aveva in mente, Sam sgranò gli occhi. «Non farai sul serio...» cominciò, ma poi lo sentirono. E avvertirono qualcosa di più: piccole vibrazioni nel terreno che diventavano sempre più intense. Istintivamente tutti si ritrassero per fare posto a qualcosa che nessuno di loro riteneva possibile.

Nessuno tranne Mika.

Lei sapeva che ci sono momenti in cui bisogna superare se stessi.

E quello era uno di quei momenti.

Mika strinse il braccio di Sam. «L'hai detto anche tu, non per niente è un cavallo da salto» mormorò.

E poi lo stallone nero sbucò dal bosco e volò nel buio verso di lei. Fanny spalancò la bocca, Tinka si tappò gli occhi. Era quasi arrivato alla recinzione e accelerava sempre di più.

«Salta!» non riuscì a trattenersi Sam. Windstorm distava solo pochi metri e per un attimo parve che volesse semplicemente abbattere la rete. Ma poi saltò... e volò oltre l'alta recinzione, dall'altra parte.

Lo accolsero facce sbigottite e bocche aperte. «Credo che abbia stabilito il record del mondo» sussurrò Tinka.

«Peccato che non verrà mai a saperlo nessuno» sussurrò di rimando Fanny.

«Un salto pazzesco» disse Sam, che per la prima volta sembrava di nuovo se stesso.

Mika carezzò orgogliosa il suo cavallo sul collo. Era meglio di quanto avrebbe mai potuto essere la vittoria in qualsiasi concorso!

Adesso però non c'era tempo per le emozioni. Milan le ricordò perché erano lì. «Dobbiamo sbrigarci. La stalla è là in fondo. E mi raccomando, non fate rumore.»

In fila indiana i cinque liberatori attraversarono l'aia buia, con Windstorm che li seguiva silenziosamente come se avesse gli zoccoli foderati di velluto. A un tratto Fanny si fermò così di botto che Sam le andò a sbattere contro la schiena e tutta la catena umana ondeggiò come tessere del domino. Fanny alzò una mano come a scuola, quando si chiede il permesso di parlare.

«E adesso che c'è?» mormorò Mika innervosita.

Fanny sibilò: «Non so quanto sia perfetto il vostro piano, ma come faremo a superare quella recinzione con tutti e *due* i cavalli?».

Nessuno rispose.

Fanny si diede una pacca sulla fronte. «Ottimo! Siete dei veri professionisti!»

«Ehi! Perché dici *siete*?» ribatté Sam indignato.

«Silenzio!» Era Tinka, che per i suoi dieci anni sapeva assumere un tono straordinariamente risoluto. Si voltò verso Milan. «L'ungh... cioè, il tuo patrigno dove tiene la chiave del cancello?»

«Nella tasca della giacca, suppongo. Oppure no, sul comodino.»

«Mmm...» Tinka rifletteva febbrilmente. Quindi si tolse lo zaino dalle spalle e ci rovistò dentro. «Qual è la finestra della sua camera?»

«Quella di mezzo a pianterreno, perché?» rispose Milan.

Tinka si limitò a un cenno deciso del capo. «Noi andiamo a prendere la chiave, voi pensate alla cavalla.»

Con un gesto chiamò Fanny a sé. «E tu vieni con me.»

Fanny sbiancò. «Io?» Alzò le mani come per difendersi. «Ecco, non saprei. Quando in un film succedono cose come questa, io chiudo sempre gli occhi oppure vado in bagno, e non credo...»

«Ci vediamo al cancello» continuò Tinka ignorando le sue obiezioni. «Andiamo!» E partì impavida in direzione della sinistra fattoria dove l'ungherese dormiva il sonno degli ingiusti. A Fanny non rimase altro da fare che seguirla.

Dopo che se ne furono andate, gli altri avanzarono silenziosamente fino alla porta del fienile in rovina.

«Credevo che dovessimo andare alla scuderia» obiettò Sam.

«La scuderia è questa» rispose mesta Mika.

La faccia di Milan s'incupì. «Dobbiamo fare attenzione» li ammonì mettendo la mano sulla maniglia. «Gli altri cavalli non si devono agitare, altrimenti il mio patrigno li sente subito.»

Sam lo guardò sbigottito. «E voi vorreste entrare là dentro con Windstorm? Ma come pensate di fare? Quello è uno stallone, mica un pony da circo.»

Mika annuì esitante. «Ha ragione lui. È probabile che gli altri cavalli perdano la testa.»

Milan scosse il capo deluso. Più andavano avanti, più tutta l'impresa sembrava assurda.

Prima che potesse ribattere, Mika aprì la porta. «Lo lasciamo qui fuori, entriamo noi e andiamo a vedere. Magari si lascerà convincere» aggiunse.

Milan sospirò. «Non credo proprio. Le ho già tentate tutte.» Ciononostante tenne dietro a Mika, che aveva proseguito con determinazione.

Sam lo seguì e si richiuse piano la porta alle spalle. Windstorm rimase fuori da solo, con le froge tremanti, ma senza fare un rumore. Pareva quasi che sapesse dove si trovava e che cosa c'era in ballo.

Dentro la stalla Sam si tappò il naso. Il tanfo era tremendo. C'era puzza di latte acido e disperazione. Mika e Milan procedettero decisi, ma Sam vedeva quel luogo per la prima volta. I cavalli denutriti in box troppo stretti, disperati, abbandonati. Come Mika, anche lui notò i tentativi impotenti di rendere un po' più sopportabile agli animali quella loro esistenza misera. E con un brivido si rese conto che Milan faceva esattamente quello che lui faceva a Kaltenbach, solo che quel ragazzo doveva farlo lì, senza aiuti e senza mezzi.

In quel momento Milan si voltò e lo guardò. I loro occhi s'incontrarono e Sam gli fece un cenno di assenso. Quel riconoscimento muto fu sufficiente: non era più un ladro, era uno di loro.

Insieme svoltarono l'angolo dietro il quale Mika aveva già aperto il box. La giumenta bianca stava ancora a testa bassa, ma i suoi occhi erano vigili e le sue orecchie registrarono l'arrivo di Mika.

«Ciao, 33. Adesso ti portiamo via di qui» le sussurrò carezzandola dolcemente sulla testa. La cavalla aveva un aspetto molto migliore rispetto anche solo alla settimana precedente. La grossa ferita sulla pancia stava guarendo bene, i suoi occhi erano più limpidi e Milan doveva essersi dato un gran daffare con la striglia, perché il mantello che prima era grigio e opaco adesso splendeva di un bel bianco luminoso.

Mika stese il braccio sotto il naso dell'animale. «C'è anche Windstorm, lo sai? È là fuori. Devi solo venire con noi» le mormorò piano.

33 si limitò ad annusare nervosa il braccio, per il resto non si mosse.

Mika le prese il collo, ma quando avvertì resistenza

la lasciò subito andare. «Vieni con noi, d'accordo?» le disse, percependo al contempo quanto la sua preghiera fosse disperata. 33 non si muoveva.

Mika si voltò verso i due ragazzi, Sam e Milan, che stavano fianco a fianco come due fratelli e la guardavano ansiosi.

Lei scosse il capo. «Non vuole venire. Più la forzo e più si oppone.»

Mika vide spegnersi l'ultima speranza negli occhi di Milan. «Va bene. Allora perlomeno vediamo di fare uscire voi sani e salvi. Se non altro ci abbiamo provato» disse cercando di farsi coraggio.

Mika uscì a malincuore dal box. Milan stava già per richiuderlo, quando le venne un'idea.

Lo trattenne per un braccio. «Lascia il box aperto. Forse deciderà da sola se e quando venire.»

Gli altri due non sembravano molto convinti, ma seguirono Mika lungo il corridoio verso la porta. Lei l'aprì e per Sam fu un sollievo poter inspirare a fondo l'aria fresca e pulita della notte. Windstorm aspettava immobile fuori dalla porta, che adesso Mika aveva spalancato completamente. Quando il vento portò nella stalla l'odore del cavallo sconosciuto, un paio di animali rasparono irrequieti, ma per il resto non accadde niente.

Windstorm nitrì piano e aspettò. Soltanto il suo mantello nero era percorso da un lieve fremito.

Milan, Mika e Sam attesero in silenzio. Sam stava per aprire la bocca quando lo sentirono: *clop-clop, clop-clop*.

Inconfondibile: era il rumore di zoccoli su un pavimento di pietra. Windstorm lanciò ancora il suo richiamo e questa volta tutti trattennero il fiato. In fondo al corridoio spuntò una testa bianca. Poi un collo, una zampa. Adagio e ancora un po' incerta, 33 svoltò da dietro l'angolo.

Milan sorrise felice e Sam strinse il braccio di Mika. E poi tutti e tre rimasero a guardare la cavalla bianca che lentamente ma con decisione avanzava nel corridoio buio verso di loro.

Più o meno nello stesso momento Tinka e Fanny erano già nel pieno della loro "missione chiavi". Tinka, appesa fuori dalla finestra dietro cui Karl Ungar russava, ondeggiava come una boa nella tempesta. Il motivo di quel dondolio era che si reggeva sulle spalle di Fanny.

«Ce la fai ancora?» sussurrò rivolta all'amica, che sotto di lei aveva ormai la faccia paonazza.

«Kss-kss» ansimò in risposta Fanny, che voleva dire: «Neanche un attimo di più!».

Ma Tinka non desistette. Scostò pian piano le imposte e sbirciò nella stanza semibuia. La luce tremolante di un televisore acceso senza volume illuminava il letto sul quale una sagoma informe grugniva e sbuffava stesa sotto una coperta.

«C'è davvero un mazzo di chiavi. Sul comodino, come aveva detto lui!» annunciò a bassa voce, mentre Fanny sembrava nei rantoli dell'agonia.

Quando Tinka si mise a cercare nella tasca dei pantaloni una piccola calamita attaccata a un lungo pezzo di corda per stendere, ondeggiò minacciosamente.

Fanny si appoggiò al muro e guardò in alto. «E il tuo piano sarebbe questo? Sul serio?» digrignò a denti stretti.

«Non preoccuparti» la rassicurò Tinka. «È un magnete in neodimio extrastrong, e al luna park sono sempre stata bravissima nella pesca miracolosa.»

«Aaargh!» rispose Fanny sollevando gli occhi al cielo, mentre Tinka sulle sue spalle prendeva un gran respiro e poi lanciava il magnete verso il comodino. Con un *plop* sommesso atterrò proprio sulla pancia della figura addormentata, che si alzava e si abbassava sotto la coperta. Accidenti!

Tinka s'immobilizzò, ma non successe niente. Con cautela scrollò il filo per spostare la calamita verso destra, la fece cadere sul materasso e da lì proseguì finché non arrivò sul comodino.

«Uff!» le sfuggì.

«Grrrumpf!» russò forte l'ungherese girandosi dall'altra parte.

Tinka sussultò e ondeggiò pericolosamente. Sotto di lei Fanny ansimò: «Argh!».

«Ssst!»

Fanny sibilò a sua volta: «Sbrigati, ho le gambe molli come un budino!».

Concentratissima, Tinka spinse ancora un po' la calamita e alla fine sentì lo schiocco del magnete che faceva presa su un oggetto di metallo.

«Ce l'ho fatta!» annunciò felice.

Pian piano ritirò la corda verso di sé finché avvertì un ostacolo. Tirò con più forza, ma doveva essersi incastrata. Si chinò in avanti per cercare di capire quale fosse il problema, quando a un tratto si sentì sprofondare di mezzo metro. Fanny aveva ceduto.

«Non... ce... la faccio... più» sbuffò scusandosi. Con la forza della disperazione, Tinka strattonò il filo ancora una volta. *Clic!*

Quando dalla finestra aperta uscì sparato un mucchietto di metallo grosso come un pallone da calcio che urtò una delle imposte, Tinka rotolò sorpresa nell'erba, mentre sotto di lei Fanny si accasciava come un materasso ad aria completamente sgonfio. Le due ragazze rimasero a guardare attonite l'ammasso di oggetti per terra accanto a loro. Evidentemente sulla strada verso la finestra la calamita aveva fatto buona pesca: una torcia, degli spiccioli, un coltellino da tasca, un cacciavite... ma anche un mazzo di chiavi!

«Sì!» esultò Tinka, e per un istante entrambe dimenticarono il rumore che avevano fatto.

Un rumore incredibile, in effetti. Un attimo dopo sopra di loro si accese la luce. Tinka agguantò il mazzo di chiavi, mentre Fanny partì a razzo. Una cosa era chiara: adesso ogni secondo contava!

Corsero a rotta di collo rischiando di cozzare contro gli amici che sostavano davanti alla porta aperta del fienile con un'aria trionfante.

«Noi...» cominciò Tinka, ma quando vide la giumenta candida ferma accanto a Windstorm dimenticò quello che stava per dire. Sgranò gli occhi.

«Voi...» balbettò, scordando di nuovo quello che voleva dire.

Mika sorrise. «Esatto! Ce l'abbiamo fatta. Ti presento 33.»

Finalmente anche Fanny arrivò ansante.

«E voi?» chiese ansioso Sam.

«Chiavi... calamita... poi... imposta... e... *bum!*» riuscì a spiegare sconnessamente Fanny.

Mika tagliò corto e domandò: «Stai dicendo che avete le chiavi?».

Fanny annuì con uno sbuffo.

«E che cosa c'entrano la calamita e le imposte?» insistette Milan, ma mentre aspettava la risposta, l'aria fu squarciata da un botto. I cavalli saltellarono spaventati di lato, gli amici si guardarono allibiti. Ma era...

«Sta sparando! Dalla finestra! Dobbiamo scappare!» gridò Sam nello stesso istante in cui si accendevano dei fari che immersero il terreno intorno a loro in un chiarore abbagliante.

«Lo avete svegliato!» urlò Milan, e subito schizzarono via. Tinka fu la prima ad arrivare al cancello e armeggiò con la chiave nel lucchetto. Lo aprì. Dovevano ancora sciogliere la catena e finalmente avrebbero potuto aprire il cancello.

Sam e Fanny vi sfrecciarono attraverso e tutti e tre corsero ai loro cavalli. Sentirono una voce maschile imprecare, poi un altro sparo.

«Più veloci!» gridò Sam quando la porta della fattoria si aprì e sulla soglia apparve una sagoma scura. L'ungherese.

Mika era già quasi al cancello quando improvvisamente Windstorm si fermò, s'impennò e nitrì. Voltandosi, la ragazza vide 33 immobile, come paralizzata alla luce abbagliante dei fari. Nei suoi occhi era evidente il panico.

Milan, accanto a lei, aveva sul volto la medesima paura.

«Devi salirle in groppa!» gli urlò Mika.

«Ma io... io non l'ho mai cavalcata!» ammise lui spaventato.

«Ma senza di te lei non verrà!»

Milan la guardava indeciso.

«Andiamo!» tuonò Sam da fuori.

Quando esplose lo sparo successivo, Milan abbandonò ogni esitazione. Saltò in groppa alla giumenta e le artigliò la criniera.

«Corri!» le sussurrò, e sembrò che 33 avesse aspettato solo quella parola per svegliarsi definitivamente. Windstorm nitrì forte e lei corse dallo stallone. I suoi zoccoli non toccavano quasi il terreno, quando varcò al galoppo il cancello dietro di lui verso la libertà.

Quando il rimbombare degli zoccoli fece tremare il suolo, lo scoiattolo lasciò cadere spaventato la noce che stava rosicchiando e corse a ripararsi nel buco di un albero. Gli abitanti del bosco si sarebbero ricordati a lungo di quella notte in cui quattro cavalli e i loro cavalieri saettarono tra gli alberi come inseguiti dal diavolo in persona: Windstorm e 33 alla testa, dietro Hugo, in groppa al quale Fanny teneva le braccia avvinghiate il più possibile attorno al corpo di Sam. Il maestoso Shire era straordinariamente veloce e Archibald faceva fatica a non rimanere indietro.

Sfrecciarono nel buio della notte e a ogni metro si lasciavano sempre più alle spalle la tetraggine della fattoria dell'ungherese.

Quando il commando di liberazione arrivò al paddock del signor Kaan, a est il cielo si stava già rischiarando. Stanchi ma felici, smontarono dai cavalli. Adesso che l'eccitazione e la tensione li avevano abbandonati, all'improvviso si resero conto di essere esausti.

Tinka, intontita dal sonno, si lasciò cadere sull'erba morbida senza togliere il filetto ad Archibald, e anche Sam si accomiatò in fretta. Doveva andare a Kaltenbach, riportare Hugo nel suo box e Fanny nel suo letto.

Salutò Milan porgendogli formalmente la mano. «Sei stato davvero coraggioso.»

Milan sorrise imbarazzato, poi la strinse. «Anche voi.»

Sam annuì grave. «Ma non è ancora finita.»

«Lo so» rispose Milan, «ma è un inizio.»

Per un attimo rimasero lì tutti e quattro a guardare Windstorm e 33, uno vicino all'altra sotto la vecchia quercia come due pezzi di un puzzle finalmente ricomposto.

Alla fine Fanny si appoggiò sfinita alla spalla di Sam e cominciò a sbadigliare. «Be', in fondo la vita di campagna non è poi così noiosa.»

Sam la guardò affettuosamente. «Te lo dicevo io.» E a Mika: «Ci vediamo domani. Il Classics...».

Mika annuì. «Buonanotte.»

«Buonanotte!»

Mika e Milan sedettero appoggiati al grosso tronco di quercia. I cavalli stavano un po' in disparte, a testa bassa. Mika li osservava e per la prima volta da quando era tornata a Kaltenbach sentiva che Windstorm era di nuovo se stesso. La sua inquietudine era svanita. Era completamente presente.

Come se le avesse letto nella mente, Milan le disse: «33 è davvero felice».

«Anche lui» rispose Mika. Poi tacquero entrambi.

A un certo punto Mika girò leggermente la testa e guardò Milan, che continuava a osservare 33. I riccioli scuri gli ricadevano arruffati sul viso. Aveva un graffio che sanguinava sulla guancia, ma i suoi occhi brillavano. Scintillavano proprio. Mika si sentiva leggera. E quello strano formicolio era di nuovo lì, come se avesse inghiottito una farfalla che adesso cercava disperatamente di uscire.

Milan si voltò verso di lei e le appoggiò il braccio sul ginocchio. Mika si sentì come colpita da un fulmine. «Mika?» chiese lui.

«Ehm... sì?» Improvvisamente la faccia di Milan era vicinissima alla sua. La farfalla nella sua pancia partì all'attacco. «Grazie» le disse piano.

E poi si baciarono come se fosse la cosa più normale al mondo, e la farfalla si liberò e svolazzò felice in cielo, dove stava sorgendo il sole.

Capitolo dodici

«Scusate il disturbo» disse una voce cortese, «volevo solo ricordarti che il concorso è oggi. Il Kaltenbach Classics!»

Mika aprì un occhio insonnolita e vide Tinka. «Per la precisione, *tra due ore*» aggiunse la bimba.

«Cosa? Come? Già?» Mika sussultò per lo spavento e così facendo svegliò Milan, che dormiva rannicchiato sull'erba accanto a lei. Saltò su e si guardò intorno. Trovò Windstorm nel prato; lo stallone era già ritto sulle zampe e sembrava vegliare su 33, stesa di fianco a lui. Quando vide che Mika era sveglia, venne verso di lei.

«Dobbiamo andare!»

Milan si alzò, si sfregò gli occhi e le sorrise. «Ehi, con calma» disse con tono pacato, prendendole una mano.

Il cuore di Mika batteva come un picchio contro un tronco. Sarebbe rimasta volentieri lì, con Milan e 33, ma Windstorm e lei dovevano tornare a Kaltenbach. Lo aveva promesso. La realtà la investì in pieno: il Classics, Hanns de Burgh, la nonna.

«Tu vieni?» chiese salendo sul vecchio tronco d'albero per issarsi sulla groppa di Windstorm. «Per piacere.»

Ma Milan scosse la testa. Era serissimo. «Devo tornare a casa» disse piano.

«Che cosa?»

Mika lo gridò talmente forte che Windstorm tirò indietro le orecchie per lo spavento.

«Sei impazzito? Quello ci ha sparato! Che cosa pensi di raccontargli? Che stavi solo giocando a guardie e ladri con un paio di amici?» Mika tremava in preda a un turbinio di emozioni.

Milan cercò di tranquillizzarla. «Non preoccuparti, mi farò venire in mente qualcosa. Tu pensa ai tuoi problemi e io penso ai miei» aggiunse con un tono che suonava definitivo.

«Ma perlomeno al concorso ci vieni?» insistette lei ostinata.

«Certo» rispose, anche se non sembrava molto convincente. «In bocca al lupo!»

«Anche a te» gli fece eco Mika. Poi si affrettò a far voltare Windstorm, prima che Milan potesse vedere quanto quell'addio le pesava.

Cavalcarono lentamente fino in fondo al paddock, passando davanti ad Archibald e a Frau Holle, che come sempre pascolavano innamorati fianco a fianco. Windstorm nitrì a 33, che vedendoli avvicinarsi si alzò.

Mika carezzò lo stallone sul collo. «Non preoccuparti, qui 33 è al sicuro. E adesso, se volete rimanere qui dobbiamo vincere quella cosa.»

Windstorm sbuffò e con il muso diede a 33 una spintarella nel fianco, poi si allontanarono. Arrivati al cancello, Mika si girò di nuovo, ma sotto la vecchia quercia non c'era più nessuno.

Solo quando trottarono via si rese conto che erano tutt'altro che ben riposati e pronti per la gara. Avevano forse buttato via una possibilità di vincere il Classics, dormendo troppo e lasciandosi distrarre da pensieri d'amore? Pazienza!

In quel momento, comunque, si sentiva in grado di sradicare un albero!

Quando passarono davanti al casotto del signor Kaan, Windstorm rallentò il passo automaticamente. Forse il suo maestro era ancora a casa e sarebbero potuti andare a Kaltenbach insieme?

E infatti ebbe fortuna: il signor Kaan era ancora lì. Stava spazzando il banco da falegname perfettamente sgombro davanti al casotto e non si accorse di Mika e Windstorm, finché non furono proprio dietro di lui.

«È davvero una splendida mattinata per fare le pulizie, ma non dovremmo incamminarci?» gli gridò Mika raggiante.

Il signor Kaan si voltò e Mika rimase stupefatta nel vedergli quell'espressione seria negli occhi.

«Io non vengo» rispose tranquillo.

«Ma lei... me l'ha promesso. E poi ci sarà anche Hanns de Burgh!» disse Mika confusa. «Deve assolutamente conoscerlo! Lui è... cioè, io non sono tanto il tipo per queste cose, ma è una specie di dio del salto ostacoli.»

Il signor Kaan le diede le spalle e riprese a pulire. «Oh, lo *conosco* bene, Hanns de Burgh. Sembra che l'unica che ha dimenticato chi è sia tua nonna.»

Mika non ci capiva più niente. «Ma io l'ho conosciuto ed è simpatico. È speciale.»

Il signor Kaan si voltò verso di lei così bruscamente che Windstorm fece un passo indietro. Negli occhi aveva un lampo di rabbia.

«Hanns de Burgh è un lupo. Può essere che adesso indossi un manto d'agnello, ma sotto rimane un predatore. L'ho allenato io, e ho visto che cos'ha fatto con i cavalli pur di vincere. Già allora tua nonna ha girato la testa dall'altra parte. Lo chiamava "addestramento", ma era tortura!» Tacque senza fiato. Sembrava spaventato di quella sua esplosione e anche Mika lo fissava con gli occhi sbarrati. Il signor Kaan non urlava mai. Mai.

«All'epoca lei ha scelto lui invece di me, e adesso

sta commettendo lo stesso errore. Non resterò di nuovo a guardare» concluse con voce più pacata.

Mika non capiva niente. Erano troppe informazioni, troppe in una volta sola. E non aveva tempo di capire, perché il Classics stava per iniziare di lì a mezz'ora.

«E di me che cosa ne sarà?» chiese incerta.

«Tu devi fare quello che devi.»

«Ma devo aiutarla» disse Mika impotente.

Il signor Kaan annuì soltanto, senza guardarla, e continuò a spazzare. Mika aspettò ancora un momento per vedere se avrebbe aggiunto qualcosa, ma per lui quella conversazione era terminata. E adesso, lei che cosa doveva fare?

L'idea di affrontare il concorso senza di lui le era insopportabile.

Riportò Windstorm sul sentiero e partì al galoppo, ma con la mente rimase dal signor Kaan. Tutto quello che sapeva sui cavalli gliel'aveva insegnato lui. Lui era il suo maestro. E a un tratto capì. Era tutto così ordinato. Così vuoto, come se lui... come se volesse... «Non resterò di nuovo a guardare!» aveva detto.

Istintivamente Mika si voltò ancora una volta... e non vide il grosso ramo che pendeva basso sulla strada. Troppo in basso. Sentì un gran colpo che la spazzò via dal dorso di Windstorm come se fosse una bambola di pezza. Un tonfo sordo. E poi diventò tutto nero.

Fin dall'aurora a Kaltenbach era una baraonda. I rimorchi erano tutti affiancati nel grande spiazzo. Ovunque si guardasse c'erano cavalli che venivano scaricati, portati in giro, strigliati e sellati, e dappertutto sventolavano decine di bandiere verdi con il logo della tenuta.

Anche il percorso di gara era decorato a festa con ghirlande colorate e un grosso striscione su cui era scritto: *BENVENUTI AL VENTICINQUENNALE DEL KALTENBACH CLASSICS!*

Evidentemente doveva essersi sparsa la voce che al concorso era atteso un ospite speciale, perché c'erano il triplo di fotografi e giornalisti rispetto al solito. Sotto il vecchio castagno era parcheggiata perfino una stazione mobile con una grossa parabola satellitare sul tetto.

Al primo piano della villa Maria percorreva il corridoio con tutta la velocità che le permetteva il bastone. Indossava la sua migliore giacca di tweed e per l'occasione si era addirittura truccata, per la prima volta da dieci anni. Erano venuti tutti, era tutto pronto, Hanns sarebbe arrivato da un momento all'altro... ma sua nipote dov'era?

Senza bussare, spalancò la porta della stanza di Mika, ma trovò solo Fanny, china sul suo portatile e dimentica di ogni altra cosa.

«Dov'è Mika?» le chiese brusca.

Fanny, tuttavia, non alzò neppure gli occhi dallo

schermo, tanto era concentrata. «Lei sa se si può fare il femminile della parola "centauro"? Ha presente, no, quell'animale fantastico metà cavallo e metà...»

Maria la interruppe sgarbata: «Dov'è mia nipote?».

Fanny fece semplicemente spallucce e non mostrò altre reazioni. Maria ripeté la domanda ancora una volta, finché perse la pazienza e uscì sbattendosi la porta alle spalle senza aggiungere una sola parola.

Fanny alzò lo sguardo stupita. Era venuto qualcuno, e che cosa voleva?

Scosse il capo e tornò a dedicarsi al suo articolo. Era pronto, e lei ne era molto orgogliosa, perché sapeva che era buono. Addirittura molto buono. Meglio di quanto avrebbe potuto fare a Parigi. Anche se non avesse vinto il concorso, anche se il giornale non lo avesse pubblicato, lei era comunque soddisfatta di sé. Trasse un gran respiro, poi cliccò sul programma di posta elettronica. Rileggerlo tutto un'ultima volta, inviare, fatto!

Adesso Maria era veramente in pensiero. Non era riuscita a trovare Mika da nessuna parte, e di lì a venti minuti doveva essere alla partenza! Che nel frattempo fosse comparsa nella scuderia? Scese stizzita la scala di pietra della villa... e finì dritta tra le braccia di Hanns de Burgh.

«Hanns!» esclamò sorpresa, affrettandosi a spianare la ruga di preoccupazione che aveva sulla fronte.

L'uomo alto con i capelli argentei le scoccò un sorriso luminoso a trentadue denti, come una star del cinema. Indossava un completo grigio e guardava Maria con quegli occhi azzurri che la lasciavano sempre disorientata, come se potesse vedere dentro di lei.

E a quanto pareva era proprio così, perché subito le prese una mano e le chiese preoccupato: «Va tutto bene?».

«Sì, sì, tutto a meraviglia. È... volevo... che bello che sei venuto!» riuscì a dire alla fine.

Hanns le fece un piccolo inchino. «Il piacere è tutto mio» le disse, e si guardò intorno con un po' di malinconia. «È tanto tempo che non vengo più qui, ma la sento ancora casa mia» aggiunse poi.

Maria annuì nervosa. Con lo sguardo continuava a scandagliare lo spiazzo animato in cerca di Mika e Windstorm. Controllò di soppiatto l'orologio. Tra un quarto d'ora doveva presentarsi al via!

Di nuovo parve che Hanns de Burgh le leggesse nella mente. Si scostò una ciocca argentea dalla fronte e le chiese: «E allora, dov'è quel tuo cavallo straordinario, o piuttosto la sua straordinaria amazzone?» si corresse divertito.

A Maria sfuggì un sospiro di preoccupazione, che però riuscì a trasformare in fretta in un signorile colpetto di tosse. «È...»

In quel momento si avvicinò un gruppetto di ragazzine che ridacchiavano, con il blocco degli autografi pronto in mano, e Maria poté evitare la questione.

«Signor de... ehm... Burgh, potrebbe... ehm... essere così gentile... ehm?» balbettò la più audace del gruppo, e quando Hanns si voltò verso di lei, dimenticò all'istante il resto della frase.

Le ragazze lo fissavano come se fosse l'ottava meraviglia del mondo e Maria Kaltenbach sorrise riconoscente per la distrazione.

Mise comprensiva una mano sul braccio di Hanns. «Va' pure, io comunque devo andare a salutare una persona» gli disse allungando il passo verso lo spiazzo dove, come scoprì inorridita, era appena arrivata l'auto della figlia.

Era proprio ora di trovare Mika!

Salutò Elisabeth e il genero Philipp, che per quell'occasione speciale aveva abbinato una giacca turchese a un paio di pantaloni giallo limone. A Maria occorse un secondo per riprendersi da quell'accozzaglia di colori.

«Mi fa così piacere che siate venuti!»

Elisabeth abbracciò la madre, mentre Philipp si guardava attorno interessato. «Dov'è nostra figlia? Voglio assolutamente augurarle buona fortuna!»

«Stavo appunto andando da lei» si affrettò a dire Maria, «ma stiamo per cominciare da un momento all'altro, perciò è meglio che prendiate posto.»

«Sì, infatti» rise Elisabeth. «Qui è una baraonda! Il Classics è sempre il Classics, giusto?»

«Giusto. A dopo!» rispose Maria sollevata, quando li vide finalmente allontanarsi in direzione del maneggio coperto.

In quell'istante arrivò di corsa Sam, che vedendo la faccia della sua datrice di lavoro si fermò di botto. «Va tutto bene, signora Kaltenbach? Mika non è con lei?» le domandò allarmato.

Sul volto di Maria lampeggiò il panico. «No! Samuel, dobbiamo trov...» Ma non riuscì a completare la frase, perché in quel momento tutto attorno corse un mormorio carico di rispetto.

Sam, Maria e perfino lo stesso Hanns de Burgh e le sue ammiratrici si voltarono vedendo Windstorm percorrere al trotto lento lo spiazzo. In groppa c'era Mika, con la giacca da concorso verde-nera, pantaloni da amazzone rosso sangue e addirittura un paio di alti stivali regolamentari da equitazione ai piedi.

Hanns de Burgh sorrise ammirato, poi con un cenno del capo segnalò a Maria di rallentare per non investire la nipote.

«Mika! Ma dov'eri finita?» chiese invece lei con una risata un po' troppo acuta.

Mika non rise. Era pallida e le tremavano le spalle.

Maria le si avvicinò e le diede una pacca d'incoraggiamento sulla gamba. «È soltanto l'emozione» le disse per cercare di tranquillizzarla. «Anch'io ho sempre avuto una tremenda ansia da prestazione, ma la prossima volta che hai bisogno di startene un po' da sola, avvertimi, va bene?»

Mika socchiuse gli occhi e annuì con aria assente.

«È quasi il tuo turno, prima di te c'è solo un cavaliere.» Maria si accostò più vicino a lei, sussurrandole insistente: «Dai il massimo, d'accordo? Ricordati quello che c'è in gioco. Adesso o mai più!».

«Mmm» riuscì soltanto a dire Mika.

Maria voleva dare una pacca anche a Windstorm, ma preferì ritrarre la mano. «Su, vai alla partenza.»

Windstorm sbuffò, poi s'incamminò. Mika ondeggiava un po'.

«In bocca al lupo!» le urlò dietro Sam, ma Mika non reagì. Non lo aveva sentito.

Maria trasse un sospiro di sollievo. Il venticinquesimo Kaltenbach Classics poteva avere inizio!

«Hanns, vieni? Ti mostro il tuo posto.»

«E questo era Marc Fridolin in sella a... ehm... Fridolin, con ventun punti di penalità e un tempo di 114 secondi» tuonò la voce dall'altoparlante.

Il cavaliere lasciò depresso il campo accompagnato da un applauso più cortese che convinto. «Giuro che quest'anno quegli affari sono più alti!» imprecò passando davanti a Mika e Windstorm. Mika non lo sentì quasi. Si raddrizzò lo scomodo cap sussultando di dolore. Nessuno aveva notato l'enorme taglio sanguinante che le solcava la fronte al di sotto.

«E adesso è con grande piacere che vi presento la nipote della nostra padrona di casa, che farà senz'altro onore al celebre nome: Mika Kaltenb... ehm... Schwarz. E sicuramente avrete sentito parlare molto anche del suo cavallo, il discendente di una vera medaglia olimpica: Windstorm. In partenza con il numero 66, Mika Schwarz in sella a Windstorm!»

La voce dell'annunciatore s'incrinò quasi ed entrando nel campo tra le urla di entusiasmo del pubblico a Mika parve quasi di essere al circo.

I visi della gente sparirono davanti ai suoi occhi e lei si concentrò in fretta sulle orecchie di Windstorm e sul terreno sabbioso che intravedeva in mezzo. Respirava a fatica.

«Ce la facciamo» disse alle orecchie.

Mentre si avvicinavano alla linea di partenza, l'entusiasmo degli spettatori si attenuò.

«Ma che modo strano di impugnare le briglie!» gridò ad alta voce una bambina.

Sam, Fanny e Tinka, insieme dietro le sponde, si scambiarono un'occhiata preoccupata.

«Mika non mi sembra molto in forma» disse Fanny traducendo in parole quello che pensavano anche gli amici.

Sam la liquidò con un cenno della mano. «Ah, è soltanto emozionata. Poverina.»

Rimasero a guardare Mika, che eseguiva in maniera piuttosto meccanica il saluto obbligatorio ai giudici. Quindi suonò la campanella del via e Windstorm partì da solo al galoppo.

Mika si teneva alle redini, ma non le offrivano una presa sufficiente, perciò le passò in una mano e con l'altra strinse la criniera. Le girava la testa, non sapeva quasi dove e chi fosse.

Windstorm però, lo sentiva, era pieno di energia. Da quando 33 era libera, era come se si fosse trasformato. Sapeva che cosa doveva fare e volò senza sforzo oltre il primo ostacolo.

Mika gli si avvinghiò alla pancia con le gambe e in quel momento seppe che avrebbe dovuto mettercela tutta per rimanere in sella. "Devi farcela da solo" pensò, e Windstorm parve sentire quel pensiero. Superò senza problemi il cancelletto colorato. Il pubblico applaudì composto. Sulle facce di tutti era evidente lo stupore.

In tribuna d'onore Hanns si chinò su Maria. «Non convenzionale» disse con gli occhi fissi sullo stallone.

Windstorm era inarrestabile: volava tracciando curve strettissime che sollevavano spruzzi di sabbia. Saltò l'oxer come se fosse un modello in miniatura. Anche se Mika gli stava in groppa come un sacco floscio, il cavallo non si tratteneva, sembrava che gli bruciasse il terreno sotto le zampe.

Mika scivolava di continuo dalla sella di cuoio liscio, si tirava su e si teneva stretta. Gli spettatori non sapevano se applaudire o fischiare: non avevano mai visto niente del genere.

Tra Windstorm e il traguardo rimanevano soltanto la riviera e poi un semplice verticale. Lo stallone accelerò, accelerò sempre di più e saltò. Atterrò dall'altra parte leggero come una piuma. E a quel punto Mika vide definitivamente tutto nero. Si accasciò in avanti e rimase immobile in sella, ma in mezzo agli applausi fragorosi nessuno parve notarlo. Il pubblico saltò in piedi e l'entusiasmo coprì quasi la voce dell'annunciatore, che all'altoparlante disse quello che tutti già sapevano: «E questo era Windstorm Schwarz su Mika... ehm... al contrario, senza penalità, con un tempo di 47,12 secondi! 47,12! È incredibile!».

Quando Mika riaprì gli occhi, fuori stava già venendo buio. Era nel suo letto a Kaltenbach, ancora bianca come un cencio e con un grosso cerotto sulla fronte. Fanny sedeva accanto a lei sulla coperta, appoggiata alla testiera, e leggeva un libro.

«Abbiamo vinto?» gracchiò Mika.

Fanny abbassò il libro e inclinò la testa. «Certo. Davvero impressionante. Personalmente avrei fatto a meno dello svenimento al traguardo, l'ho trovato un po' troppo teatrale, ma questo è solo il mio modesto parere.»

Mika si sforzò di sorridere, perché nonostante il tono scanzonato, sapeva che Fanny era stata in pensiero per lei. «Mmm... già. È che c'era quel ramo sul sentiero...» cominciò, ma l'amica la fermò con un gesto della mano. «Sappiamo già tutto. Sam ha ricostruito l'accaduto.»

«Oh.» Mika si lasciò cadere all'indietro sollevata.

«E tra parentesi, stai bene, ha detto il medico. Avrai un po' di emicrania, ma per il resto... Le ferite alla testa sembrano essere di moda, da queste parti.»

«Mmm.» Mika era stanchissima. Tutta l'eccitazione, la tensione e l'emozione degli ultimi giorni pesavano su di lei come piombo.

«Comunque, erano tutti agitatissimi. Prima per Windstorm e la vittoria al concorso, e poi per te, quando si sono resi conto che eri svenuta. E quel tipo brizzolato così attraente...»

Mika si rizzò di scatto spalancando gli occhi. «Milan c'era?»

Fanny si morse il labbro. «Non ne ho idea. C'era così tanta gente, e con tutta quell'agitazione... può darsi che ci fosse» la tranquillizzò. «Adesso però dormi, ne riparliamo domani.»

Mika sprofondò di nuovo sui cuscini, e prima di poter pensare ad altro si era già riaddormentata.

Fanny spense l'abat-jour e guardò pensierosa fuori dalla finestra. Milan non si era visto e, a poco a poco, anche lei cominciava a stare in pensiero. Con l'ungherese, questo Fanny l'aveva capito, non c'era da scherzare.

Quando Maria uscì dalla villa per salutare Hanns de Burgh, gli ultimi rimorchi per cavalli stavano lasciando la tenuta. «Mika sta bene, è soltanto un graffio. Un graffio bello grosso, in effetti, ma niente di grave.»

Hanns sorrise con sincero sollievo. «Ne sono contento, davvero.»

«E per quanto riguarda l'aspetto sportivo, spero di non averti promesso troppo» aggiunse Maria imbarazzata.

Gli occhi chiari di Hanns si accesero all'improvviso di entusiasmo. «Per niente. Sapevo che è un discendente di Halla...»

«Il suo pronipote!» confermò orgogliosa Maria.

«... ma che la storia si ripeta in questo modo è quasi una magia. Un cavallo magico» disse Hanns impressionato.

Maria fece un sorriso tirato. «E i geni di mia nipote.»

Hanns de Burgh annuì cortese. «Naturalmente. Un grande talento.» Tacquero un momento, poi lui le diede la mano. «Siamo intesi, Maria. Verrò domattina presto e firmeremo il contratto» le assicurò. «Era quello che volevi, giusto?»

Maria picchiò il bastone per terra. «Mi conosci bene. E sono molto contenta. A domani!» gli rispose solenne.

Hanns de Burgh se ne andò e Maria rimase a guardarlo. Finalmente le era caduto un peso dal cuore. Dall'indomani sarebbe stato ufficiale: Kaltenbach aveva un nuovo istruttore. Aveva funzionato, la tenuta era salva.

Si sedette sui gradini della sua amata villa in cui adesso sarebbe potuta diventare vecchia. Maria Kaltenbach pianse, ma le sue erano lacrime di gioia. L'ultima volta aveva pianto dieci anni prima, e anche allora le era colato il trucco.

Capitolo tredici

I merli cantavano a squarciagola, la luce estiva pioveva dal cielo promettendo una giornata splendida. Marianne aveva apparecchiato amorevolmente il grosso tavolo di legno del giardino per una colazione in famiglia.

Maria, Sam, Tinka e suo padre, il dottor Anders, erano già immersi in una conversazione animata in cui, a quanto capiva Fanny, si parlava dei vantaggi della stabulazione libera, qualunque cosa fosse.

In ogni caso, Sam ne sembrava del tutto entusiasta, perciò doveva essere sicuramente qualcosa di buono, decise Fanny, che intanto mordicchiava diffidente uno dei croissant. Incredibile: era soffice e vaporoso!

In quell'istante accanto a lei si sedettero i genitori di Mika. Elisabeth le strizzò l'occhio sussurrando:

«Avanti. Li ho comprati io. I cornetti di Marianne erano letali già ai miei tempi».

Fanny stava per addentarlo di gusto quando sentì una notifica sul cellulare. Gettò un'occhiata fuggevole al display: chi era che la disturbava in un momento così perfetto?

Ma poi sgranò gli occhi e lasciò cadere bruscamente il croissant nel caffellatte. «Ma... è... fantastico!» Si pizzicò una gamba perché non riusciva a credere a quello che aveva appena letto.

Sam le scoccò un'occhiata interrogativa: «Tutto a posto?».

Fanny aprì la bocca per rispondere, quando da dietro l'angolo spuntò la persona che tutti aspettavano con ansia.

Quando attorno al tavolo tutti si alzarono ad applaudirla, Mika, nel suo pigiama a righe, si fermò imbarazzata.

«Buongiorno» salutò con un sorriso sghembo davanti a quell'accoglienza calorosa. «Che cosa stiamo festeggiando?»

Elisabeth andò dalla figlia e l'abbracciò forte. «La mamma mi ha detto quello che hai fatto. Sono così orgogliosa di te» le mormorò commossa scompigliandole i capelli, come se avesse appena compiuto cinque anni.

«Mamma» mormorò Mika, un po' a disagio per quelle effusioni in pubblico, poi si sedette vicino a Fanny. Nonostante il bernoccolo in fronte, quel giorno si sentiva alla grande: aveva dormito bene, Windstorm era felice e Kaltenbach era salva. L'unica cosa che mancava per completare la sua felicità erano il signor Kaan... e Milan.

Un'ombra le oscurò il volto e stava per girarsi verso Fanny per chiederle di lui, quando Maria fece tintinnare un cucchiaino d'argento sulla tazza da tè. «Voglio levare il calice – la tazza – a mia nipote. A Mika, ai suoi amici sinceri, alla mia straordinaria famiglia e a Kaltenbach, che grazie a voi non dovrà più passare nelle mani di estranei» concluse guardandosi attorno con gli occhi umidi.

Tutti levarono le tazze.

«E a Windstorm» aggiunse Mika.

Maria sorrise: «E a Windstorm, naturalmente» disse con enfasi, e Mika sorrise soddisfatta perché per la prima volta le sembrava che la nonna lo pensasse davvero.

Si alzarono e fecero tintinnare le tazze. Quando tutti si furono seduti, all'improvviso alle spalle di Mika comparve Hanns de Burgh. Nessuno lo aveva sentito arrivare e la conversazione al tavolo si spense all'istante.

«Disturbo?» chiese sorridendo cortese tutto attorno. Elisabeth, in particolare, arrossì violentemente.

Mika si voltò a guardarlo. Le parole del signor Kaan le risuonavano ancora all'orecchio, ma adesso che l'Olandese Volante era davanti a lei in carne e ossa, le riusciva difficile crederci. Hanns de Burgh aveva un carisma tale che tutti i presenti ne erano affascinati.

«È stata una prestazione davvero fuori dal comune, quella di ieri» disse poggiando una mano sulla spalla di Mika. «Mi hai davvero impressionato.»

La ragazza deglutì a fatica. Quell'elogio avrebbe dovuto riempirla di orgoglio, ma lei si sentì rizzare tutti i peli delle braccia. "Pericolo!" l'ammonì una vocina nella mente, ma si limitò a sorridere. «Grazie.»

«E sono venuto proprio perché sono rimasto impressionato» proseguì Hanns rilassato. «Maria? Vogliamo procedere?»

«Ma certo!» Maria si alzò. «Andiamo nel salone. Vedo che sono appena arrivati anche i signori della banca, volevo che fossero presenti.»

Maria lasciò la tavolata e andò con Hanns incontro ai bancari. Tutti rimasero a osservarli in silenzio, finché non scomparvero all'ingresso della villa. Il grande momento era arrivato.

Il bancario più giovane si raddrizzò la cravatta con aria d'importanza e sedette a gambe larghe sull'elegante poltrona in pelle.

Klaus, il collega più anziano, annuì benevolo in direzione di Maria: «Ho già saputo belle cose sul concorso di ieri. Complimenti!» le disse guardando Hanns de Burgh, come se il merito di quel successo potesse già essere attribuito a lui.

Hanns incurvò gli angoli della bocca in un debole sorriso: non aveva tempo da perdere in inutili conversazioni spicciole.

«Ma veniamo al punto» intervenne Maria, guardando i suoi interlocutori.

Hanns de Burgh tirò fuori dalla cartella di cuoio un sottile fascio di carte e lo porse a Maria, che inforcò gli occhiali da lettura dalla montatura dorata e scoccò un sorriso al bancario più giovane, sicura della vittoria. «Lo vede, gliel'avevo detto che stava gioendo troppo presto.»

Sfogliò il documento sorridendo felice al suo vecchio allievo: il suo ragazzo d'oro, che finalmente tornava a casa!

«Oh, non ho bisogno di leggere» disse poi. «Mi fido totalmente di Hanns. Per quanti anni ti impegni nel contratto?»

Hanns la fissò sconcertato. «Anni?»

Maria alzò gli occhi dai fogli che teneva in mano. Il suo sorriso si era spento. Non poteva crederci, doveva essere un errore. «Ma... questo è... un contratto di compravendita?» balbettò confusa.

Hanns de Burgh sembrava altrettanto perplesso. «Ma certo, perché, che cosa credevi?»

I due bancari spostavano muti lo sguardo da Hanns a Maria, da Maria a Hanns, come se stessero seguendo una partita di tennis.

Maria continuò a sfogliare in fretta il documento. «Mi offri 750.000 euro per... *Windstorm*?»

Hanns de Burgh la fissò freddamente. Nei suoi occhi non c'era altro che avidità. «Ne possiamo parlare, non è la mia ultima offerta» si affrettò a dire.

Maria scostò da sé il contratto e si alzò a fatica. «Dobbiamo discuterne in privato. I signori vogliono scusarci un momento?»

Maria fece strada a Hanns lungo il corridoio della villa, inondato di luce. Le pareti erano piene di ricordi della sua lunga carriera. Zoppicando arrivò a una foto incorniciata che raffigurava Hanns de Burgh da ragazzo. Un giovanotto biondo e alto che in piedi vicino a una Maria Kaltenbach nettamente più giovane mostrava orgoglioso all'obiettivo un trofeo d'oro.

«Quello è stato il tuo ultimo concorso per Kaltenbach» disse con una voce venata di nostalgia. Poi si voltò verso Hanns, che alle sue spalle osservava la foto senza interesse. «E avevo creduto che adesso ce ne sarebbero stati altri. Ma questa volta come istruttore.»

Finalmente Hanns de Burgh comprese e scoppiò a ridere. «Mio Dio, e io che pensavo che volessi alzare il prezzo!» rise sollevato. Poi si affrettò ad aggiungere: «In realtà 750.000 euro è l'offerta massima. Quel cavallo ha ancora bisogno di parecchio addestramento, lo si è visto chiaramente. Tua nipote è tanto graziosa, ma nel salto ostacoli non vale niente. Non ha ambizione. Mi ci vorrà un'eternità per raddrizzarlo».

Maria lo fissava incredula. Hanns vide il rossore salirle alle guance. «Che c'è? Non avrai creduto davvero che avrei iniziato la mia carriera di istruttore qui? *Qui?* Ma ti prego, Maria, con chi credi di avere a che fare? O meglio: chi ti credi di essere?»

Hanns de Burgh la guardò sprezzante dall'alto in basso e i suoi denti bianchissimi lampeggiarono come quelli di uno squalo.

«Ma tu hai cominciato qui... Questa era casa tua... Come puoi piantarci in asso in questo modo?» balbettò appoggiandosi tremante al bastone. Improvvisamente si sentiva vecchia. E stanca.

«Ti offro 750.000 euro per un cavallo da addestrare e questo tu me lo chiami piantarti in asso?» ribatté Hanns con voce tagliente. «Credo che ci siamo chiariti. Ti aspetto dentro» le disse, e con questo se ne tornò nel salone.

Maria appoggiò la testa al vetro per rinfrescarsi. Là sotto c'era la sua famiglia, dopo tanto tempo finalmente di nuovo riunita. Kaltenbach era la sua casa. Sapeva che avrebbe dovuto fare un grosso sacrificio. Fare la cosa giusta. Raddrizzò le spalle, si riscosse e lentamente tornò nel salone.

Nel frattempo il giovane e viscido bancario era uscito sul balcone e adesso selezionava frettolosamente un numero dalla rubrica del cellulare. Aveva lasciato il collega più anziano con la scusa di dover fare una telefonata importante perché doveva assolutamente trasmettere al più presto quegli sviluppi interessanti. Non aveva molti amici, perciò non si lasciava sfuggire l'occasione di ricevere qualche attenzione. E la discrezione non era mai stata il suo forte.

«Uli, sei tu? Ho una notizia scottante. Allora... sai che siamo dalla vecchia strega cocciuta, qui al maneggio, giusto? Kaltenbach, esatto, per la messa all'asta. Ha un debito con noi di mezzo milione, insomma, la tenuta praticamente è già nelle mani della banca. E ora tutt'un tratto ha preso all'amo un tizio che le vuole comprare un cavallo. Si chiama Wingstrom, o qualcosa del genere. E qui viene il bello: indovina un po' quanto le ha offerto per questo ronzino?»

Evidentemente Uli, all'altro capo, non rispose abbastanza in fretta, perché il giovane bancario riprese subito a blaterare. «750.000 euro! Per quella cifra ci compri una villetta bifamiliare con viale d'accesso privato! E adesso la vecchia è fuori in corridoio con lui per tirare *ancora* più su il prezzo. Alla fine si beccherà un milione di euro per un brocco! E con quella cifra ci si comprano... due villette bifamiliari. O, un attimo, allora sarebbe una villa unifamiliare, giusto? Fa lo stesso. Uli, devo rientrare. Che rimanga tra di noi, hai capito?» Quindi chiuse il cellulare come un uomo di mondo e se ne tornò nel salone.

Chi però il bancario non aveva notato erano la famiglia Schwarz, Fanny, Sam, Tinka e il dottor Anders, che facevano colazione in giardino proprio sotto di lui e avevano sentito ogni singola parola. Sedevano tutti attorno al tavolo, sconvolti, ammutoliti e rigidi come in un museo delle cere. Quella notizia tremenda aveva spazzato via l'atmosfera allegra e rilassata, e nessuno riusciva a tornare al presente.

"Ha venduto Windstorm. Ha venduto Windstorm" era il pensiero che continuava a turbinare nella mente di Mika. Risentiva le parole del signor Kaan, rivedeva davanti a sé gli occhi di ghiaccio di Hanns de Burgh, non poteva crederci.

Sua madre e Fanny, accanto a lei, le misero comprensive una mano sul braccio, ma Mika si sentiva completamente stordita.

Qualche minuto dopo assistettero muti alla partenza di Hanns de Burgh, che andava di buon passo verso la sua limousine con un sorriso soddisfatto. Ora che aveva ottenuto quello che voleva, non li degnò più di uno sguardo. Il suo autista gli aprì la portiera, salì a bordo e l'auto partì sgommando.

Subito dopo uscì Maria con i due bancari. Diede la mano a Klaus e le parole dell'uomo arrivarono fino al giardino. «Sono molto contento che tu abbia firmato, Maria. È stata una buona decisione. La messa all'asta sarebbe stata spiacevole per tutti.»

Maria annuì e poi anche i bancari se ne andarono.

Rimase in terrazzo ancora un istante, come per riflettere sul modo migliore di annunciare la notizia alla famiglia. Al suo ritorno sembrava abbattuta ma composta. Attraversò zoppicando il prato e si sedette a capotavola.

Tutti la guardavano tranne Mika, che fissava il piatto su cui lentamente sgocciolavano i suoi lacrimoni. Di norma avrebbe gridato, fatto una sfuriata, avrebbe spazzato le stoviglie dal tavolo e avrebbe preso la nonna per il collo, ma lì la situazione era diversa. Lì c'era in ballo Kaltenbach. Un cavallo contro una vita intera. Era questa la cosa peggiore: Mika comprendeva la nonna, ma non riusciva comunque a perdonarla.

Maria trasse un gran respiro e poi disse: «Mi ero ingannata terribilmente».

A quel punto Mika non riuscì più a dominarsi. Tra le lacrime guardò la nonna con occhi di fuoco. «Anch'io mi ero ingannata! Avresti dovuto spiegarmi subito il tuo grandioso piano, così mi sarei risparmiata quel concorso e tutte quelle schifezze che detesto! L'ho fatto solo per te! E per tutto il tempo tu non volevi altro che vendere Windstorm a quell'aguzzino!» sibilò rabbiosa.

Anche Elisabeth non riuscì più a trattenersi. «Ma perché almeno *per una volta* non puoi preferire le persone a Kaltenbach?» le rinfacciò con voce tremante.

Maria Kaltenbach guardò prima la figlia, poi la nipote. E seppe di aver fatto la cosa giusta. Sorrise avvilita, poi disse: «Temo di aver fatto esattamente questo».

Questa volta fu Philipp, sempre il primo quando c'era di mezzo la logica, a intervenire: «Ma abbiamo sentito con le nostre orecchie il bancario dire: "Sono molto contento che tu abbia firmato". Dunque hai venduto Windstorm».

Maria annuì. «È vero, ho firmato, ma...»

In quello stesso istante Hanns de Burgh si appoggiava alla morbida tappezzeria del sedile posteriore della sua limousine, stringendo tra le mani il contratto firmato come se fosse la coppa del Derby. Aveva fatto un accordo fantastico. Quel cavallo era unico, se solo lui lo avesse addestrato!

Il suo autista stava passando davanti alla casa mobile sbarrata del signor Kaan, quando lo sguardo di Hanns si posò sull'ultima pagina del contratto. Sulla linea tratteggiata dove la sua vecchia istruttrice aveva apposto la firma, vendendogli così il suo nuovo campione.

Sussultò, sbatté le palpebre, avvicinò il foglio agli occhi... ma fu tutto inutile. Hanns de Burgh lanciò un penetrante grido di rabbia che il signor Kaan sentì fin dal suo casotto. Perché sotto il contratto di compravendita non c'era scritto *Maria Kaltenbach,* bensì qualcosa di molto diverso...

«Pocahontas???» esclamarono tutti in coro guardando Maria increduli.

«Era la mia cavalla preferita. Quando io... ma è un'altra storia.» Ridacchiò. «Non credevate davvero che avrei venduto il cavallo di Mika a quel grandissimo idiota» proseguì con finta indignazione. «Insomma, sono capace di imparare dai miei errori. O meglio, diciamo che ho cominciato a farlo da oggi.»

«Nonna!»

Mika saltò in piedi, si precipitò da lei e l'abbracciò con foga.

Elisabeth trasse un sospiro di sollievo. «Mamma» disse con voce rotta dalle lacrime, e a sua volta abbracciò Maria.

Anche il resto della compagnia era commosso.

La mano di Fanny cercò quella di Sam, ma con sua sorpresa la trovò stretta a pugno. «Sono contento che siate tutti quanti così felici, ma posso chiedere che cosa ne sarà di Kaltenbach adesso?» La sua voce aveva un tono strano.

Maria si sciolse dall'abbraccio della figlia e il suo viso tornò grave. Le era difficile riconoscerlo, ma doveva farlo: «Presto Kaltenbach non esisterà più. Con questo giochetto della firma potrò anche avere guadagnato un po' di tempo, ma... immagino che nei prossimi giorni la banca avvierà le procedure per la messa all'asta». La sua voce era salda, soltanto una lacrima solitaria le corse lungo la gota rivelando quanto fosse angosciata.

Tutti tacquero oppressi, finché si udì la vocina di Elisabeth: «Ma io sono cresciuta qui».

«E io qui ho imparato ad andare a cavallo» aggiunse Tinka.

Mika non sapeva che cosa dire. Non riusciva a immaginare un mondo senza Kaltenbach. Che cosa ne sarebbe stato di Windstorm?

Maria sospirò rassegnata. «Avrei dovuto dare ascolto a Kaan. Aveva ragione fin dal principio. Ma io sono una vecchia cocciuta, e adesso non ho più le forze di combattere contro bancari e avvoltoi.»

Sam aveva uno sguardo così disperato che a Fanny si spezzò quasi il cuore.

«Puoi venire a stare da me» disse d'un fiato, anche se entrambi sapevano che era una completa sciocchezza.

Intervenne anche Elisabeth: «Certo, mamma, e naturalmente tu puoi venire a stare a Francoforte da noi».

Nessuno, assolutamente nessuno attorno a quel tavolo, sembrava davvero felice di quell'idea, anche se Philipp si affrettò ad aggiungere un poco convincente: «Ma naturalmente, è ovvio!».

Maria guardò commossa quelle facce comprensive. «Grazie, ma me la caverò.»

«Oh oh» disse Philipp schiarendosi la gola, e Maria lo guardò confusa. «Temo che la messa all'asta possa avvenire ancora più velocemente di quanto non pensassi, Maria» le spiegò con un cenno del capo in direzione del viale d'accesso, dove era appena arrivata una macchina della polizia.

Maria si spaventò. Non aveva immaginato che la situazione sarebbe precipitata così in fretta. Si alzò a fatica per andare incontro agli agenti. Senza dire una parola, gli altri la seguirono nello spiazzo, dove si schierarono dietro di lei come un esercito alle spalle del suo generale.

La giovane poliziotta sbatté gli occhi perplessa davanti a quel comitato di accoglienza.

Deglutì nervosamente. «Ehm... lei è Maria Kaltenbach?» le domandò un po' incerta.

Maria annuì. «Esatto.»

Intervenne il collega corpulento. «Lei è la proprietaria di questo maneggio?» le chiese.

«È una tenuta» lo corresse cortesemente Maria. «E sì, la proprietaria sono io.»

«D'accordo, come vuole lei. Questa mattina abbiamo fatto una retata in una fattoria qui nei dintorni. Ci sono stati arresti e la fattoria rimarrà chiusa fino a nuovo ordine. Comunque, i colleghi hanno messo sotto sequestro almeno una dozzina di cavalli maltrattati e... a dire la verità, non sappiamo che cosa farne» concluse l'agente, ora a sua volta un po' intimorito.

Maria lo guardava senza capire, mentre Fanny, Sam, Tinka e Mika sgranavano gli occhi attoniti.

Finalmente la giovane agente ritrovò la parola e nella sua voce c'era compassione: «Era davvero orribile... quell'uomo teneva i cavalli come in una batteria di allevamento di polli. Non ho mai visto niente del genere. Farebbe davvero un'opera buona».

Il poliziotto più anziano le scoccò un'occhiata carica di rimprovero e riprese le redini della conversazione: «Quello che la mia collega vuole sapere è se in questo man... in questa tenuta avrebbe posto per accogliere i cavalli sequestrati. Ovviamente le spese sarebbero a carico dello Stato». A Maria occorse solo un attimo per elaborare tutte quelle informazioni, quindi rispose: «Naturalmente, certo. Abbiamo posto».

«Ottimo! Allora avviso immediatamente i colleghi che possono portare i cavalli qui» disse felice la giovane poliziotta andando all'autopattuglia per comunicare la buona notizia.

L'altro agente annuì esitante e stava per allontanarsi, quando Mika fece capolino da dietro la nonna. «Chi avete arrestato di preciso?» chiese, e la sua voce era piena di preoccupazione.

Il poliziotto rispose severo. «Purtroppo con l'indagine ancora in corso non ci è consentito rivelare informazioni.»

«Per caso un ragazzo? Sui sedici anni, abbastanza alto, con riccioli scuri e occhi castani?» insistette Mika.

Il poliziotto si limitò a scrollare il capo. «Mi rincresce.»

In quel momento tornò la donna. «I colleghi arriveranno non appena caricati i cavalli e una volta finito con il signor Ungar, il nostro *unico* sospetto» annunciò con una strizzatina d'occhi a Mika.

La ragazza trasse un sospiro di sollievo. Perlomeno Milan non era finito in carcere.

A quel punto però anche Maria aveva ancora una domanda: «Com'è che finalmente siete riusciti ad arrestare l'ungherese?».

«Una telefonata anonima» rispose secco il poliziotto prima che la collega potesse aprire ancora quella sua boccaccia.

Ma la giovane agente non ne ebbe il modo, perché in quell'istante sullo spiazzo stava entrando una macchina sconosciuta... e che macchina! Tutti gli occhi si voltarono affascinati a osservare l'auto di lusso che si era fermata accanto alla pattuglia della polizia. Ne smontò un ometto con un completo gessato che si guardò attorno incantato. Tirò tranquillamente fuori dalla tasca una piccola macchina fotografica e ritrasse la tenuta, il maneggio e il vecchio castagno sotto il quale il gruppo attorniava Maria, scrutandolo sbigottito.

Lo sconosciuto abbassò la macchina fotografica e si avvicinò di buon passo con un sorriso ansioso sulle labbra. Erano così quelli che si occupavano delle messe all'asta?

«Voi siete cavalli?» domandò con uno strano accento cantilenante.

«Ehm... no. Mi chiamo Kaltenbach» rispose seccata la nonna.

«Polizia» fu l'aggiunta superflua dell'agente.

«Io venuto istruttore?» chiese cortesemente l'uomo con un piccolo inchino.

Le labbra di Maria s'incurvarono in un sorrisetto. «Oh, giusto. Mi dispiace, è venuto inutilmente. Hanns de Burgh *non* sarà il nuovo istruttore di salto qui a Kaltenbach. Si è trattato di uno spiacevole malinteso.»

L'uomo parve seccarsi a sua volta. «Io non qui per Chris de Burgh» spiegò.

«Hanns» lo corresse automaticamente Maria.

«Io non qui per Hanns de Burgh» ripeté cortese l'uomo. «Io qui per *Centaura*.»

Poi la sua faccia si rischiarò e con un sorriso indicò Mika. «Lei!»

Nessuno disse niente, soltanto a Fanny sfuggì un gridolino sorpreso.

«*Come* ha detto?» chiese Elisabeth.

«*Chi* ha detto?» chiese Mika.

L'uomo in gessato aprì la cartella portadocumenti, tirò fuori un giornale e lo mostrò a tutti. Era l'ultimo numero della "Frankfurter Allgemeine Zeitung", aperto a una pagina che tutti guardarono increduli.

Sotto il titolo *I giovani scrivono – L'articolo vincitore,* c'erano due grandi fotografie a colori: una raffigurava una statuina di legno metà cavallo e metà uomo. L'altra ritraeva Mika in groppa a Windstorm: erano in mezzo a un prato verde e lei rideva stringendo con le braccia il collo del suo cavallo. Mika si avvicinò e lesse ad alta voce: *«La Centaura, o come Mika ha scoperto il suo dono. Di Fanny Schleicher».*

In quell'istante tutte le teste si voltarono verso Fanny, che era diventata paonazza.

«Io... io... credo di avere vinto il concorso» balbettò.

Mika sgranò gli occhi.

«Ho scritto soltanto quello che è successo nell'ultimo anno. E quello che mi ha raccontato il signor Kaan. La vostra storia.»

«Cavoli!» fu l'unica cosa che riuscì a dire Mika. Quindi il visitatore ripiegò il giornale con cura e lo mise nella borsa come se fosse un documento importantissimo. «Mio cliente legge sempre giornali tedeschi per pagine di economia...» Poi liquidò la cosa con un gesto della mano. «Non importante. Importante è che mio cliente ha cavallo da quando era bambino. Lui ama questo cavallo più di tutto. Poi cavallo ha avuto incidente e più nessuno può avvicinare a lui. Nessuno.»

Scosse mestamente il capo. «Mio cliente molto disperato e chiede prego suo aiuto» disse con la sua bella voce dolce rivolto a Mika.

La ragazza lo guardava incredula. Parlava veramente con lei?

«E chi sarebbe il suo cliente?» volle sapere Sam, visto che Mika non diceva niente.

«Omar Ali Saifuddin IV» rispose l'uomo con un cortese cenno del capo. «Lui paga ogni prezzo.»

Sam si voltò verso Fanny. «Potresti darmi un pizzicotto?... Ahia! Grazie.»

Fanny sorrideva raggiante, ma prima che potesse dire qualcosa, s'intromise qualcun altro. Questa volta era Marianne, che era uscita di corsa dalla villa con il cordless in mano e adesso annunciava ansante: «Signora Kaltenbach? Allora, è il diciassettesimo che chiama per portare subito qui il suo cavallo! Ma noi non abbiamo mica qualcuno che sussurra ai cavalli qui, giusto? E poi, Centaura: che razza di nome è?».

Philipp Schwarz prese la mano della figlia e la strinse forte.

La poliziotta diede una gomitata al collega. «Be', e tu che dici sempre che qui in provincia non succede mai niente» gli sussurrò sorridendo.

Dalla bocca di Sam uscì un grido di gioia, quindi prese una Fanny sbigottita tra le braccia e le stampò un grosso bacio.

Il dottor Anders lanciò Tinka per aria, Maria abbracciò per sbaglio il poliziotto scontroso e l'avvocato dello sceicco si meravigliò degli strani rituali di quei tedeschi.

Dopo tanta agitazione, non faceva male starsene un po' tranquilli. Mika e Windstorm percorrevano lo sterrato al fianco di Maria, mentre a ovest il cielo si tingeva già di rosso. Quella giornata era stata un vero e proprio otto volante emotivo e a Kaltenbach avevano ancora moltissimo da fare per sistemare i cavalli dell'ungherese.

Soltanto Mika e Maria si erano concesse una breve pausa per una passeggiatina serale. Mika per riportare finalmente Windstorm da 33 e Maria perché doveva porgere a una persona delle scuse da tempo dovute.

I piedi nudi di Mika penzolavano sui fianchi di Windstorm, che non vedeva l'ora di essere di nuovo nel suo paddock. Scrollava la testa e sbuffava già per l'aspettativa gioiosa. Maria gli teneva una mano sul dorso e lo stallone andava pianissimo perché lei riuscisse a tenere il suo passo.

«Lo sai, Mika, mi sono lambiccata il cervello così tanto nel tentativo di trovare il modo di salvare Kaltenbach. Cercavo così disperatamente qualcosa di speciale che non riuscivo a vedere quello che avevo sotto il naso. Qualcosa di speciale lo avevo proprio vicino a me, mi sarebbe bastato solamente aprire gli occhi.»

Guardò la nipote. «In futuro cercherò di restituire qualcosa ai cavalli, credo di doverglielo. E credo anche di poter ancora imparare molto da loro.»

Mika deglutì commossa. «E io da te» le disse soltanto, e lo pensava davvero.

«Sono ansiosa di vedere come andranno le cose» aggiunse dopo che ebbero proseguito in un silenzio tranquillo per un po'.

Sua nonna sorrise. «Solo oggi abbiamo ricevuto già più di duecento richieste. A quanto pare la tua amica sa proprio scrivere!»

Mika sogghignò. «Certo, Fanny è la migliore.»

«Perciò, staremo a vedere come andranno le cose. Dovremo discuterne con calma con tutta la famiglia» continuò Maria, e a quella parola nei suoi occhi si accese una luce. Se l'orrore degli ultimi giorni le aveva insegnato una cosa, era l'importanza della famiglia.

Arrivati al bivio, Maria si fermò e si appoggiò al bastone. Sembrava nervosa.

«Digli semplicemente che ti dispiace.»

«Ma basterà?»

«Allora digli anche quello che hai appena detto a me. Basterà di sicuro!»

Maria sorrise. «Lo spero. Perché per fare quello che abbiamo in mente, ci servirà il suo aiuto.» Salutò Windstorm con una carezza sulla fronte, quindi imboccò con coraggio la strada che portava alla casa mobile del signor Kaan.

Mika rimase a guardarla finché Windstorm alzò la testa nitrendo impaziente. Subito si sentì un nitrito in risposta, e non era la sua eco, bensì 33 che lo aspettava.

Mika si appoggiò al grosso tronco della quercia e tirò su rumorosamente con il naso. Aveva il viso solcato di lacrime, ma almeno all'ottanta per cento erano lacrime di gioia. E la scena che si stava spiegando davanti ai suoi occhi era davvero troppo bella per essere vera: Windstorm galoppava felice e rilassato al fianco di 33 per il prato verde. Arrivati al pendio, si fermarono e intrecciarono il collo tra loro.

Mika tirò su di nuovo con il naso. Milan non c'era più. E allora, perché le mancava così tanto, anche se si conoscevano a malapena?

Era come se lo conoscesse da sempre.

"E lui me" pensò proprio nel momento in cui si sentì un fruscio e qualcuno si lasciò cadere sull'erba accanto a lei. Milan.

Lui le sorrise e lei si affrettò a soffiare il naso rosso.

«Che cosa ci fai qui?» gli chiese bruscamente fissando cocciuta davanti a sé, anche se il suo cuore aveva appena fatto una capriola inaspettata.

«Mi dispiace di essermi perso il concorso, ma c'era una cosa di cui dovevo occuparmi» le disse lui schietto.

Mika lo guardò e a un tratto comprese. «Sei stato tu? A fare la soffiata anonima alla polizia?»

Milan annuì. «Avrei dovuto farlo molto prima, ma non sapevo che cosa ne sarebbe stato di me» rispose. «Tu pensi che a Kaltenbach potreste avere bisogno di un altro garzone di scuderia?» aggiunse poi con un sorriso cauto.

La faccia di Mika si rischiarò di colpo in un grande sorriso. «Potrebbe anche essere. La polizia ha appena liberato quindici cavalli maltrattati e li ha portati da noi, abbiamo un mucchio di lavoro.»

Milan la guardò entusiasta. «Non posso crederci!»

«E invece sì.»

Milan guardava Mika raggiante come se non volesse più staccare gli occhi da lei, poi la cinse con un braccio e Mika gli appoggiò la testa sulla spalla. Rimasero seduti così, e lei gli raccontò tutto quello che era successo: dell'incidente, del concorso, di Hanns de Burgh, fino all'articolo di Fanny, che oltre al sultano del Brunei aveva letto anche moltissima altra gente e grazie al quale Kaltenbach era probabilmente salva.

Parlarono finché venne buio e a un certo punto rimasero semplicemente ad ammirare i cavalli che pascolavano tranquilli nel crepuscolo.

«33 ha bisogno di un nuovo nome» disse Milan.

La giumenta bianca alzò la testa rizzando le orecchie. Rifletterono per un po', poi Mika propose serissima: «Che ne diresti di 34?».

E poi tutti e due scoppiarono a ridere, così forte che il merlo stanco che si era appena messo comodo su un ramo sopra le loro teste volò via spaventato.

Epilogo

Fanny andò effettivamente a Parigi, ma non con Mika, bensì con Sam, che si mostrò entusiasta davanti alla Torre Eiffel, al Louvre e a ciascuno dei 347 ponti. Con Fanny al suo fianco, però, avrebbe ammirato anche il museo regionale di Hirzenhain-Merkenfritz e le più grandi zucche della Valacchia, tanto gli piaceva quella ragazza.

Per quanto riguarda Kaltenbach, una telefonata del sultano del Brunei convinse la banca che un centro terapeutico per cavalli traumatizzati era decisamente promettente e la messa all'asta venne subito bloccata.

Karl Ungar fu condannato a una lunga pena detentiva e Milan cominciò a Kaltenbach un tirocinio per diventare groom. Mika aveva raccontato alla nonna quello che aveva fatto per i cavalli e Maria fu felice di avere un apprendista così in gamba.

Mika, poi, fu ancora più felice, perché dopo una lunga conversazione Elisabeth e Philipp decisero che in avvenire avrebbero trascorso più tempo a Kaltenbach: volevano stare il più possibile con la figlia che, dopo quelle vacanze estive, non avrebbe fatto ritorno in città. Mika infatti sarebbe rimasta a Kaltenbach con la nonna e con Windstorm, si sarebbe occupata dei casi più gravi insieme con il signor Kaan, perché lei e il suo dono erano quel qualcosa di speciale che presto avrebbe reso famosa Kaltenbach in tutto il mondo dei cavalli.

Ma la sorpresa più bella per tutti arrivò dalla giumenta 34, che all'inizio dell'estate seguente diede alla luce una puledrina.

«Ma pensa un po': la puledra di un saltatore fuoriclasse *e* di una cavalla da corsa fuoriclasse! È una combinazione davvero imbattibile!» esclamò Maria entusiasta rivolgendosi a Mika, che al suo fianco ammirava la neonata bianca e nera reggersi per la prima volta a fatica sulle zampette incerte.

«Aspettiamo di vedere quello che vorrà diventare *lei*» disse soltanto il signor Kaan. E come al solito aveva ragione lui... Ma questa è un'altra storia.

Indice